檐前雨滴响泠泠

姜利敏 著

东南大学出版社
SOUTHEAST UNIVERSITY PRESS
·南京·

图书在版编目（CIP）数据

檐前雨滴响泠泠 / 姜琍敏著 . -- 南京：东南大学出版社 , 2024.6
（六朝松文库）
ISBN 978-7-5766-1240-0

Ⅰ.①檐… Ⅱ.①姜… Ⅲ.①散文集—中国—当代 Ⅳ.① I267

中国国家版本馆 CIP 数据核字 (2024) 第 080891 号

责任编辑：罗 杰　　责任校对：李成思　　特约编辑：秦国娟
封面设计：鸿儒文轩·末末美书　　责任印制：周荣虎

檐前雨滴响泠泠
YANQIAN YUDI XIANGLINGLING

著　　者	姜琍敏
出版发行	东南大学出版社
出 版 人	白云飞
社　　址	南京市四牌楼 2 号　邮编：210096　电话：025-83793330
网　　址	http://www.seupress.com
经　　销	全国各地新华书店
印　　刷	三河市华东印刷有限公司
开　　本	880 mm × 1230 mm　1/32
印　　张	8
字　　数	172 千
版 印 次	2024 年 6 月第 1 版第 1 次印刷
书　　号	ISBN 978-7-5766-1240-0
定　　价	68.00 元

本社图书若有印装质量问题，请直接与营销部联系，电话：025-83791830。

目 录

我听见小草在歌唱	001
板桥怀古	004
喜看"白鹭"舞蹁跹	009
南京的食文化	011
我爱龙虾	019
别了,"贡院"	021
紧要处	027
檐前雨滴响泠泠	030
到郭亮去	032
今日蜀道	035

康定溜溜的城	038
回眸阿克塞	041
坐马上山	044
那拉提	047
老　刘	050
观江豚	052
六尺巷记	054
橘红的记忆	056
老杨树下听唠嗑	063
南汉村	066
邂逅瑶里	069
谁在牵我衣襟	072
锚　地	076
月亮在我们头上	079
南通的几个特色词	082
曲曲弯弯长又长	089
这个"村庄"不一般	092
姑苏见	094

小巷深处	097
横　街	100
苏州面	103
生命之珠	106
西山女子	109
东河行吟	112
退思师俭	115
月是扬州明	118
禅房花木深	123
不二之州	127
贤哉"三刘"	131
壮哉,"八十一日"	134
话说玉祁	137
律宗第一山	141
你的风情我的眼——窑湾书简	144
第 N 个吃河豚的人	152
姜堰与姜氏	157
天下第一节	160

哦，垛田	163
分享泗洪	166
过下邳	171
历史以新沂行走	174
盂城驿歌	177
乡里的文化	179
文明的软肋	182
借点水	188
歌者的故乡	192
憩 园	212
天涯孤旅	216
不合作的我	218
在这个挤满摄影家的时代	231
漫话导游	234
自带的风景	236
溃不成军	239
逆 旅	242
生活在别处？	245

我听见小草在歌唱

不知怎的，今天月亮这么早就现身。时方近晚，天光尚亮，她已伫立在老杨树梢。是半轮新月，默默地望着我，望着闪亮的银杏湖。

"蝉噪林逾静，鸟鸣山更幽。"除了不知歇气的蝉噪，盘旋在草木间的啾啾鸟群，也让湖畔绿绒般起伏伸展的高尔夫球场分外岑静。如此甚好，特别符合我的心境。然而入秋还没多久，杨树上怎就落叶飘飘？好在森森的球场上，永远是青青生机。

银杏湖距我家不远，就在江宁。她最吸引我的，便是眼前这片开阔的高尔夫球场。多年前就有朋友带我来此，尝试打过一回高尔夫球。虽是平生唯一一次入场习球，但那份头顶蓝天白云、漫步茵茵草坪、振臂推杆并不断期许收获成就的感觉，确实新鲜特异，唯亲历者方觉其痛快。是日，球场附近的银杏湖乐园在举办什么活动，彼处万盆名花怒放，姹紫嫣红；而这边小车悠悠，挥杆者的飒爽英姿和女球童黄白相间的衣裤分外抢眼。开阔的球场边，是波光粼粼、风情万种的银杏湖。湖面上倒映的，是屏障般的苍茫山峰。置身于此，谁的心境能不为之豁然？

高尔夫球运动起源于苏格兰。它早已风靡日本及欧美多数发达国家，但因占地广、属于所谓"绅士运动"等因素，迄今仍令许多中国百姓感到陌生。实际上，它融阳光、空气、草坪、步履为一体的独特魅力无可替代，亦是健身、娱乐、休闲、社交的理想去处。高尔夫球之价值更在于它是种很具文化韵味的运动，更是一国经济发展的标志性产物。球场通常有9或18洞果岭（银杏湖有27洞），并有土山、水池、沙坑等人工障碍物。玩时可一人可数人，以用最少杆数将球推入规定距离之球洞者为胜。取胜之道全在技巧、智谋、手感之巧妙结合。我初试时，成绩不佳，兴致却勃发，数小时一晃而过，畅快淋漓。那优雅的环境、强烈的情趣及竞技性，令我回味起儿时打弹子入洞之趣。两者虽不可同日而语，其情趣却有暗合之处。这种运动也的确适于几乎任何年龄之爱好者。不只可令人上瘾，甚至会令人狂欢！我在北戴河就曾听说，附近球场有位球客，偶然击出个一杆进洞，喜极之余，竟一掷千金，奖励其球童3万及当时整个球场上所有球童每人3000！

不经意间，皎月已高居中天。漫天清晖乳雾般温抚这世界之外的世界——文人、士林代代传袭的桃源梦境，难道也会寓于这现代文明产物之高尔夫球场吗？为什么不会？这远离尘世的胜境，这优雅安详的人文环境，岂逊于梦幻桃源？其实这桃源梦境西人也有之。风靡一时的《瓦尔登湖》，不正是它的别种版本？只是梭罗之后又浩浩而来却悄悄而去的"梭罗"们，究竟有几个真正住到瓦尔登湖或"桃源"去了呢？

无可厚非。梦境归梦境，现实归现实。有梦想终比没梦想好。

况且，我可不想因为有了桃源梦想，就弃绝都市和现代生活方式。那摩天大楼组合的光怪陆离，虽如浊天烟焰，让人时感逼灼，却毕竟是现代文明之花。因而，总有越来越多"飞蛾"扑它而去——存在就是合理的？不同的文明、不同的生活方式，自有其不同的魅力、不同的向心力吧。尤其在越益现代化的方今斯世，"桃源"或"瓦尔登湖"也越益飘渺、可遇而不可求了。但唯其如此，它们才越发可贵呢。

恍惚间，我听见细密如毯的草坪上，每一茎小草都在低吟。吟唱着满心的欢喜，讴歌着自豪的家园。那歌声，有点像粼光点点的银杏湖中那泼剌的鱼跃，又有点像果岭下水池里的蛙唱，亦有点像沙沙细雨般虫鸣，乃至，那沐浴着清晖的树冠之间，簌簌的风语……

板桥怀古

说来有些惭愧，从1980年1月我从苏州调来南京工作，迄今已逾40年了。40余年来，我的行踪可谓遍及天南地北，大半个中国乃至不少欧美国家我都曾涉足，唯独我定居、工作的南京，反而阴差阳错的，还留有许多识见上的盲区。即如雨花台区吧，虽然我就居住和工作在她的边缘，却除了一个雨花台烈士陵园，几乎再未到过其他地方。而说起来，我和"雨花"还是最有缘的。近30年来我唯一工作过的单位就是一个叫《雨花》的杂志，社交或外出遇到不了解情况的人，常会把我当作是雨花台区的人——"哦，雨花台区很有名呀，你们是属于哪个部门的呀？"

好在有缘终究要相会。这不，最近应《雨花文艺》（这才是真正的雨花台区的杂志）之邀，我有幸去板桥做了次采风游。时间虽短，印象却是老深刻了。完全可以用"刮目相看肃然起敬"来形容。我虽然没到过板桥，但板桥作为六朝古都南京的一处历史文化重镇，又是南京市、区、街道合力营造的目标要达到35

万人口的南京卫星城——板桥新城所在地,其声名不说如雷贯耳,也是深入人心了。就说那赫然耸峙于大江畔的热门楼群"金地自在城"吧,我单位就有不少同事评议和看过他们的房子,并至少有三个同事已经在那里购了房。而百闻就是不如一见,实地走下来,印象要比想象的还要繁荣兴盛而催人气壮得多。就这一点而言,周起源先生所编写的《板桥文史》一书中所载的对联,可谓形象生动地勾勒和概括了板桥的历史人文和美好前景——

聚吴楚商贾通南北盐铁昔日风情冠金陵
引九州英才创千秋伟业明朝繁华傲江南

不过,就我个人的见识而言,此次板桥之行,还有一个更让我感到不虚此行的收获:原来中国人文史上极为著名的一个史实,曾让我热血沸腾而过目不忘的"新亭对泣"的发生地——新亭,就在板桥境内。而此前我只是朦胧知道,新亭在南京无疑,但具体在南京的哪个地方,偶然和朋友聊及此话题也探询过,回答却都含混不明。只说是在南京的南部地方,应该临江云云。这虽不算大憾,毕竟是一个未解的疑窦。而此行所获的《板桥文史》一书上,周起源先生专门辟有一章介绍新亭的史实与考据。虽也未完全确认,但据众多学者论证,多数还是倾向于新亭即位于板桥之说。无论从感情上还是从实地感觉上(板桥紧邻长江,历来又人文荟萃,且是不少朝代的驻军和争夺之地),我都乐意接受新亭就在板桥之说。

而新亭,是我早年读刘义庆《世说新语》给我留下最深刻印象的地方。而今一旦闻及，顿时又涌起绵长而难言的思古之情。

虽然这段史实熟稔者众，不妨还是容我再引用一下：

> 过江诸人，每至美日，辄相邀新亭，藉卉饮宴。周侯中坐而叹曰："风景不殊，正自有山河之异。"皆相视流泪。唯王丞相愀然变色曰："当共戮力王室，克复神州，何至作楚囚相对！"

寥寥数语，包含着的却是极为丰富的历史和人文内涵。盖因中国的数千年文明史，历来是"分久必合，合久必分"，而实际上更是分的多而合的少，或曰乱的多而治的少，故而渴盼统一、思恋故国、祈求和平而难得，也就成了中国历代文人士子的集体无意识的一种深隐而绵长的痛。新亭对泣正是这样一种人文和心理符码最为真实而形象的反映和浓缩。东晋初年，南渡的北方士人，虽一时安定却也经常心怀故国。这里的山河之异，即指长江和洛河的区别。当年在洛水边，名士高门定期举办聚会，清谈阔论，尽兴而归，形成了一个极其风雅的传统。此时众人遥想当年盛况，不由悲从中来，唏嘘一片。王导及时打消了北方士人们的消极情绪。这便是史上非常著名、令人感怀而又催人奋发图强的新亭会。后世咏叹国破家亡的诗词歌赋里常常见到的"新亭""风景""山河"，就典出此次新亭会。

耐人寻味的是，斯时于新亭慷慨激昂意气风发的铮铮豪言，要"戮力王室，克复神州"的王导，后来却成了一个颇受诟病的"愦愦"之人。突出的例证便是,当时驻扎在京口的军谘祭酒祖逖曾多次上书司马睿,坚决要求出师北伐。祖逖的要求,使司马睿左右为难。因为建立并稳固偏安朝廷在江南的统治,是当时司马睿和王导的首要任务,北伐勤王之举倒在其次了。但是他们又不愿意因直接拒绝祖逖的要求而激怒一部分有志光复中原的南渡北人,更不愿意留下一个不忠于朝廷的恶名。最后,司马睿和王导采取了敷衍的态度:一方面同意祖逖北伐,任命他为奋威将军、豫州刺史;另一方面则只给祖逖调拨一千人的粮廪和三千匹布,由祖逖自己去召募军队……显然,在这样的背景下,"勠力王室,克复神州"的宏图大志,最终只能成为虚话。

然而,我们是否可以就此指责王导再也无志北伐或者色厉内荏而背弃夙愿一味地软弱偷安呢?我觉不然。历史从来不容假设,也不容冲动和过分的理想化。任何一个真正高明而理性的政治家,面对着当时那种政治局势,多半也会做出如王导一样的抉择。正所谓"天下大势,浩浩汤汤,顺之者昌,逆之者亡",哪怕你个人意志再强悍、再奋勇或再有为,亦不可能超越历史,逆转趋势,故只能是此一时彼一时也。说归说,做起来,则一定要审时度势,顺势而为。而王导后来的"愦愦",一定程度上也是无奈之愤。它反映了当时南北政治军事实力对比之实况。东晋政权草创,百废待兴,军力松弛,即使举国大兴北伐壮举,能否在胡人强悍的铁蹄下全身而退也是一个未知数。历史是一种必然,虽然它有时似乎又充满了无限的可能性。因此刘义庆在《世说新语·政事》中,又记载了王导因此而自叹的:"人言我愦愦,后人当思此愦愦。"

信哉斯言——王导及后任者之"愦愦",焉知半壁东晋是否能勉力撑持于东南百把年,而不速朽于一次次不合时宜的北伐之短暂狂欢中?

尽管"愦愦",尽管东晋也曾有过多次挣扎以图强,结果还是湮没于历史的劫灰之中。此正所谓时也、势也、运也。然而,新亭会之不甘沉沦、发奋图强的历史意义和精神价值却并没有因此稍减。某种程度上看,它其实也是中华民族厌恶分裂、渴望统一的根本意愿和民族性的形象体现。事实上,中国的历史虽经无数次反复,最终也还是运行在统一、和平、强盛的必然趋势之中。今日之桥板,乃至南京和全国的崭新"山河",无疑也是历史规律和人民诉求共振之必然产物。而其中,亦未尝没有新亭精神存焉?

喜看"白鹭"舞蹁跹

因职业关系,常有外地同行造访南京。陪逛夫子庙和秦淮风情总是"应有之义"。游夫子庙,我的感觉是,初来者宜于晚上浏览。是时灯彩璀璨的楼台亭阁、桨声灯影的河上风情恰如天上人间,令人流连忘返。而想深入了解夫子庙的人文典故者,恐怕还是白天闲庭信步为佳。夫子庙、秦淮河一带可谓步步有典、处处出故,最能体现南京古都风貌,正宜细细观赏。稍感遗憾的是,盛名之下,此地无论白天晚上,总未免过于繁喧。过炽的游客和过于兴旺的商业氛围,多少淹抑了夫子庙最足珍贵的人文气息。

不过,看了白鹭洲公园新设的"十里秦淮水上实景演出"后,感觉不仅弥补了以上缺憾,还通过这一新颖而独具匠心的创意演出,集中渲染、强化和突出了夫子庙的人文特色。使人在欣赏歌舞之余,如入历史长河,身临其境般鲜明而生动地感受了一回形神兼备的六朝风情。

是夜,我们从文德桥登舟,一路观赏着悠悠东去的秦淮河两岸火树银花的魅人风采,不觉便到了白鹭洲水上舞台前。舞台三面环水,演员在台上歌舞,轻舟在水上往还,配合着盛装的古装歌舞,水上也变幻着历史风云。忽而有蓑笠渔人撒网打鱼,忽而见雪芹望月抒怀。踌躇满志的朱元璋也率着满朝文武登舟巡游,而头上又飞临散花的仙女……一时间,灯彩与水色交辉,历史与现实相融,今人与古人互揖;恍惚里,真有不辨今夕何夕之慨。演出与编排都很出色,仅从节目名中,你就会感受到扑面而来的人文气息——《乌衣名巷》《夜泊秦淮》《桃叶团扇》《状元及第》《南唐风韵》……恐怕,也只有号称天下第一人文河流的秦淮河和夫子庙,才能有如此丰富多彩的人文资源,供后人淋漓挥洒呵!我到过的地方不算少了,许多地方也确曾人文荟萃,常为人称道为风水宝地。我对此说法则难认同。天下所谓风水妙处比比皆是,有多少能经历了时间和历史的淘洗而常葆风流呢?人文的积淀和富集绝不是偶然或神秘的产物。而是特殊的历史、地缘文明,特殊的政、经、文化因缘际会的结果。其中文化本身特具的凝聚力应是主因。罗马不是一天建成的,文化的积淀也非一朝一代可以形成。而六朝古都、十朝都会的南京,如果没有今天之人文大观,反倒是一件奇怪的事情了。

不禁又想到风行一时的"文化搭台,经济唱戏"的说法。我以为这也是颠倒了本末的短视思维。任何时候,文化都绝非配角。经济繁荣无疑是我们持久的追求,但文化的繁荣与传承才应是人类的终极价值。海德格尔希望人能"诗意地栖居于大地上",这难道不是文化地生存的同义语吗?故我要为秦淮区不惜巨资精心组织而盛演的这一出"经济搭台、文化唱戏"的好戏,由衷地叫一声好!

南京的食文化

"食色，性也。"

圣人所说的这个"性"，就食而言是说饮食乃人之第一天性，这毋庸置疑；谁都不能否认"食"是一切生命活动的基础。但具体而言，人这第一"性"又因人、因地、因时甚至因地位、文化不同而异，是一种非常个性化的文化现象。大处看，南甜北咸、东辣西酸、中菜西餐、八大菜系，反映的都是饮食上的不同习惯不同风味不同烹饪方法的差异即个性。小处看，石头大小不同，人的个性迥异。王公贵胄与庶民百姓的胃口差异自不必说，同一地域甚至同一家庭里，张三李四老婆丈夫的饮食喜好也往往有很大差异，以致做厨师的有众口难调之慨，当婆婆的有媳妇口刁之怨，当法官的竟至于会碰上因饮食习惯相左而引爆的离婚案！

当然，这么说并非否定饮食上的共性，且不说饿时糠也甜，平时面对珍馐美味，人们大抵会垂涎三尺，但这比较特殊。倒是一道曾经最称名贵的甲鱼汤上席，个性再那个，恐怕无人不奋勇下箸，因为都知道这家伙养人。不过，这类事例同时说明的又不只是个性与共性问题，还有个为营养还是为口味而食的问题。而这问题恰恰又反映出个性差异。有人饮食偏重营养，口味次之；有人则宁重口感，不计营养。如有人吃芹菜须去叶，甚至水焯以去苦；我则从不去叶，因为叶比茎更富维生素。平素也常听人对报上一会儿说吃苹果削皮好一会儿又说不削皮好的现象啧有烦言，无所适从。其实这种希求有个统一说法的心态，也是一种个性。许多人压根不睬报纸，或者哪怕报上只有一种权威说法，只要不合他老习惯的，照样嗤他一声，拿个苹果往衣襟上擦擦，咔嚓就是一口！这问题也反映出饮食专家的个性：吃皮论者看重的是营养，去皮可惜；去皮论者看重的是安全，为防农药污染，宁舍皮上的营养。你愿听谁的，尽管依据自己的判断或喜好去吃。各有各的理论根据，又多一种参考理论，有何不好呢？

人与人之间有差异，地方与地方之间又何尝没有饮食文化或曰心理上的差异与个性呢？比如南京人，他们中间有种种口味的差异，但作为一个群体，他们与上海人或北京人，在风味乃至食物的构成上，各自的特色还是比较明显的。

而一想到南京人的"吃"，首先浮摇翻滚于脑海的，竟是只青皮嫩肉、圆滚滚而憨乎乎的大萝卜。这种青皮红心、甜而爽脆、多汁而不辣、北京人呼之为"心里美"的水果萝卜，之所以素负盛名，不仅因为一到季节就到处挤满此君，更因为它竟曾是咱南京人的集体雅号。许多南京人提到"大萝卜"，自己也会情不自禁地微微一笑，点头曰："就是呀，南京人就是大萝卜！"以致许多外地人以为这是对南京人某种愚性的一种揶揄。其实

"大萝卜"的典故究竟如何我也闹不太清,但实际使用上并无明确的褒贬,南京人说到它时,内涵也视语境而变化多义,相当丰富。有时确有种自嘲或善意讥讽的意味,但多半还是一种肯定,甚至还含着些许自豪。多数人认为这个形象体现了南京人的一种憨厚、宽容、淳朴的性情,体现了一种兼收并蓄、不拘小节、不紧不慢及多少有些保守的性格特征。所以你除非是板着脸横眉竖目地呼南京人为大萝卜,南京人对这一声大呼是不以为忤反以为热乎的。而实际上,外地人在南京待久了,有时会比南京人更喜欢这股子大萝卜味的。

无论如何,大萝卜作为一种菜果,确曾在南京人嘴巴上咯巴脆响过几个世纪。只是这么一个营养丰富口感也佳且富文化意味和地方特色的好食物,已经被如今的南京人冷落多时矣。无孔不入的商品经济早已用南方的荔枝、芒果和香蕉,北方的葡萄、香梨、哈密瓜,乃至鲜艳夺目却未必都可口的洋水果如蛇果、榴莲等,将南京大萝卜和许多传统食品挤到了不起眼的角落里。这其实也是全国甚至世界性的共同现象,交通大发达与世界经济一体化使一切商品都如水银般在地球村无孔不入地漫溢,食品的大流通丰富改造了一地人的食物结构,也多少有些令人遗憾地消减抹杀着地域特色和文化差异。所以谈到南京人的饮食文化,首先必须看到南京人食谱的丰富性。南甜北咸与精米粗粮兼收,山珍海味和野菜杂果并摄,这一点倒真是颇有"大萝卜"味的。这或许与南京的地理有关,它紧靠长江下游之南岸,北人眼里它是南,南人眼里它又北;历史上曾是十朝古都,魏晋南渡和太平天国更使北人南人来了个空前大杂居。文化、物资和风俗的大交流早已是如此频密,口味的渗透影响也就是自然的事了。而这一特点恰又构成一种"南京人吃无特点"的感觉。的确,南京的餐馆里京苏大菜、淮扬菜系、粤味徽帮应有尽有,就是不会有公认的南京菜系。而普通人的家常食谱,尽管品种应有尽有,日常上桌也顶多是两荤两素一个汤,内容换换花样而已。买两块臭干蒸一蒸加一点葱末姜丝再浇少许麻油便是一道夏令常菜;大辣椒里塞点肉末,油煎起来酱油一喷,可口至极。荤的则免不了红烧菜,红烧鲫鱼或鳊鱼,当令再来点红烧黄鳝;红烧肉加豆腐果,红烧猪肚或大肠,都是南京人桌上的常规菜。许多人家还少不了一碟红辣椒。说到这一点,倒也算得上南京人口味的一种特色,许多去过四川的南京人回来都好说:"除了麻得太狠吃不大消,辣味也不过如此嘛。"所以川味能够在南京大行其道,盛夏也满街都是光着膀子围炉大啖麻辣烫的人。

　　毕竟是一方水土养一方人,无论风习怎样变化,富有传统色彩的南京饮食文化特征也还是很鲜明的。夫子庙的秦淮美食就是一个典型的缩影。其源远流长,可以远溯到六朝时期,明清两朝尤盛,各派菜系尤其是各种风味小吃都在这里争奇竞胜。改革开放以来,有关部门对散落民间的风味小吃发掘整理,在继承传统特色的基础上进行创新,形成了以"秦淮八绝"为代表的秦淮风味小吃。素有"风华烟月之区,金粉荟萃之所"美誉的十里秦淮,自古多佳丽,明末清初的八位名妓李香君、董小宛、柳如是、顾横波、马湘兰、陈圆圆、寇白门、卞玉京,曾被冠以"秦淮八艳"之名,她们留下的凄婉动人的爱情故事,为秦淮河增添了几多传奇色彩。如今,少了顾盼倾城的"秦淮八艳",这里似乎少了往日的精彩，于是人们便从口腹之欲中去追寻美食的"秦淮八艳"了。秦淮美食不仅风味独具，还穿插各种民俗表演，具有浓郁的地方特色和文化氛围，使餐饮过程同时成为普及文化欣赏的过程，体现了饮食和文化的精美结合，对中外游客产生着持久的吸引力。目前夫子庙的风味小吃已达200多个品种，经济效益显著，成为夫子庙旅游经济的重要支柱和这一地区的特色文化。近年来，夫子庙又相继引进肯德基、麦当劳等西洋快餐和台湾风味食品，保留了一些夜市大排档，形成了中西餐合璧、高中低档共存的餐饮新格局。今日夫子庙已成为闻名遐迩的"美食中心"。

值得强调的是，秦淮饮食文化的一大特色就在于它的创新和兼容并蓄。实际上引进本身就是创新，包容就是一种特色。秦淮食风一方面源自民间，继承中国烹饪文化的优秀传统，另一方面又勇于借鉴，广泛吸收外地和海外的长处，以"南料北烹""京苏合璧""西菜中做""海派风味"取胜。特别是在运用现代科学技术、革故鼎新、紧跟世界饮食潮流上，常走在前头。肴馔年年变，充满着朝气和活力。晚晴楼、金陵春、秦淮人家、文枢阁、新香园等宾馆、饭店、酒楼都善于在创新菜肴上做足文章。它们分别推出的创新美食有"芦笋烤鸭卷""韭菜海鲜盒""蟹黄鱼翅包"等面点和"晚晴养生鼎""酥皮海鲜蟹斗""菜干焖肉坛""老妈菜炖蛏肉""酥烤飘香鸡""网烤鲫鱼""百合珍珠圆""彝族跳菜"等特色菜肴。由于将珍馐佳肴、水乡田园和精约文雅的食艺集中于一体，展示出文士的饮食文化风格，故而人们在进餐时不仅得到物质上的欢快享受，且在精神上受到美的熏陶。

当然，无论是正规餐饮还是家常菜肴，南京最著名的吃食无疑还得首推鸭子。如果让鸭子们来评选最可恶城市，我不知道世界上还有哪个城市的得票率会比南京更高。虽然北京有大名鼎鼎的北京烤鸭，但南京人说那还是明朝迁都带去的风俗。南京人对鸭子情有独钟，料理鸭子的方法也数不胜数，盐水鸭、金陵烤鸭、板鸭、金陵酱鸭、八宝珍珠鸭等等。鸭菜中又以盐水鸭最为知名，吃一口，肉嫩多汁，咸淡适中，香而不腻。南京人的餐桌上几乎不可一日无此君，以至南京的街头巷尾到处飘飞着柳絮般的鸭绒；出入任何一座居民楼，一不小心都会撞上个砰砰大斩盐水鸭的小铺子；甚至大清早起来吃泡饭，南京人最爱的也是盐水鸭。鸭肫、鸭爪、鸭心肝，无一不是请客的菜，尤其是那鸭屁股，报上总说它是淋巴腺是各种病菌的集散地，可还是有那么多老南京人从来不信这个邪，抢过来就吧唧吧唧，嚼得自己满嘴油，嚼得别人流口水。

还有一种荤食则可说是南京人的专利，就是那种模样活像大龙虾、一个约两把重、烧出来鲜红油亮、吃起来脑子颇有螃蟹味的螯虾，南京人也管它叫龙虾。30年前我初来南京，立马就爱上了此前从未谋面的龙虾。虽然这种"爱"，更多的是对它那肥满的黄、鲜美的肉之贪嗜——故而对龙虾来说未必是福音，但我确也挺喜欢此公那貌似凶猛其实挺敦厚的尊容的。一身红袍，大头长须，还有两只怎么看怎么吓人却也怎么看怎么逗人的大螯。其实它从不主动攻击谁，你若犯它，它才钳你，钳了也疼不到哪儿去，一甩了之。有意思的是，那时除了南京及其主产地盱眙（或许还有安徽等地），原先别处似无嗜龙虾之癖。故乡苏州偶可在花鸟市场见到,是供人买回观赏的。南京人虽嗜龙虾,已往却又视为贱菜而不上席。至于如今以盛产龙虾而名扬四海的盱眙,据县领导说,以前捞龙虾是因它爬得满河满沟都是,为消灭而用石碾压碎肥田!现在谁还肯干这傻事?餐馆里一只盱眙十三香龙虾最高卖到十来块钱哪!正所谓风水轮流转吧,如今除了贵客豪宴,南京人几乎已逢席必上小龙虾。而省内外乃至更远的地方如哈尔滨等地,张牙舞爪向龙虾、满嘴流油满屋香的场景,亦已比比皆是。龙虾可爱之另一原因也在于它如大排档这形式一样,为平头百姓提供了大快朵颐而又还算大嚼得起的美味大餐。但这东西口味虽好,据说也是个不够卫生的玩意儿,专家说它身上带有寄生虫,且爱栖居于污水沟,故而易受污染。即便如此,却同样败不了南京人的胃口。

再一个令专家大摇其头却令南京人尤其是南京女人们"爱不释嘴"的东西便是所谓的"旺鸡蛋"了。早些年,如果你在仲春的南京街头巷尾,甚至水沟前厕所旁,看见有一堆堆、一撮撮的女人撅着屁股埋着头围作一堆而又不知道是不是在找什么金银财宝的话,大可上前端详,不出意外的话那就是在吃"旺鸡蛋"呢。旺鸡蛋就是春天那小鸡因病未能孵成的蛋,如今已有了特意不让小鸡出壳而专供煮食的"活珠子"代替它。各地都有爱吃它的人,只是都不如南京女人这么爱。不像别处红烧酱煮的那么麻烦,南京人只须白水煮煮,然后提上街去,自然会有成群的女人围上来,专挑那基本成形的旺蛋,满身是毛的更好,剥开来蘸点盐末,便那么连毛带血,脸不变色心不跳,一口气就下去十个八个。专家说旺鸡蛋营养差而细菌多,南京女人们却相信它是营养女人大补阴气的上好佳品，而且也的确很少见她们因吃此而拉肚子的。也许是适应力强，或者竟因相信而得着了心理效应，亦有益于增强抵抗力的关系？我不得而知，也从不想就此补它一补。

　　由此我倒有过一些感慨，这些感慨也不仅仅针对南京人而言。我觉得咱们中国人的饮食传统似乎不太重视饮食卫生，在吃的上面首推的是色香味，花式品种和口感，而不是科学性营养性，评价菜肴的好坏也多凭感性而非理性，穷起来看重的是能填饱肚子，富起来讲究的是美感和稀罕物。尤其在一般百姓中间，至今那不干不净吃了没病的遗训似乎仍有市场。好在咱们的物质已是大大丰富了，不论你是否吃得科学吃得理性，每天摄入的营养也许不那么均衡，满足身体需要是不成问题的了。至于是否会得饮食不当的毛病，那还有个体身体素质的问题，似乎难以一概而论。但从我的观察来看，南京人的饮食习惯对健康还是利大于弊的。首先它也不乏咱中菜的许多先天优点，多纤维而少脂肪，多维生素而少卡路里。其次，有句话叫广州人什么都吃，咱南京人却完全可说是什么都爱吃，食性真够杂的。主食中粗细对半，大米和杂粮兼容是一个普遍习惯。蔬菜中也有许多咱们酷嗜的好东西，青绿清凉的菊花脑、脆爽奇香的芦蒿茎，还有许多我也叫不上名来的野菜杂蔬，都是令外地人尝了赞不绝口的好食物。所以南京人走出来，你虽然看不大到粗壮如牛的"山东大汉"，却也看不到什么弱不禁风在上海较为多见的"豆芽菜"，尤其是南京的姑娘家，不胖不瘦，不高不矮，一个个多半是苗条而又丰满水灵灵的，那回头率，着实是够让咱"大萝卜"满面生辉的呢！

我爱龙虾

40多年前我初来南京,立马就爱上了此前从未谋面的龙虾(当年除了南京,其他地方几乎都无食用龙虾之俗)。虽然这种"爱",更多的是对它那肥满的黄、鲜美的肉之贪嗜——故而对龙虾来说未必是福音,但我确也挺喜欢此公那貌似凶猛其实挺敦厚的尊容的。一身红袍,大头长须,还有两只怎么看怎么吓人却也怎么看怎么逗人的大螯。

别以为龙虾的肥美为自己惹来了灭顶之灾,这家伙繁殖力特强。而它做梦也没想到的是,自己的地位也逐年攀升,且贵为主角,有声有色地唱了出"中国盱眙龙虾节"。龙虾节有歌有舞,更有趣。趣就趣在压台的一幕是"千人广场天岛啤酒宴"。千多号人,十来圈长桌,一人面前一脸盆龙虾,从夕阳西斜直啃到月上柳梢。劲歌高唱《龙虾之歌》,陈述大讲"情报故事",都盖不过那一派春蚕噬桑、斜雨敲窗般的剥吮之声。晚会还兴起计时吃龙虾比赛。一人8只,须臾成壳。据说这还远不算快的,快者一分钟可吞下 30 只去，令我望洋兴叹。好在此夜我别有一获，使我油然生出此文的题目《我爱龙虾》。

此事妙不在物，而在其奇：龙虾节定制 10 块足金箔匾，临场抽出 10 人，奖以为念。我忝为嘉宾代表上台抽奖。许多人让我抽他，我独称要抽就抽自己，实在都是打趣。那千多张票根，暗箱里厚厚一层，说抽谁就抽谁了？偏我一捞一翻再一抽，天！真就把自己给抽中了！霎时间，台上台下一片哗然。许多人拍着我大叫这样的运气闻所未闻，不要太好哦，还不赶紧买彩票去！不瞒您说，我还真买了。无奈一文不中。不中就不中吧。我本非信命之人。但这奇趣的插曲，却让我对盱眙更亲了几分。当然，说到底还得感念龙虾，感念这太平盛世，否则何来现今的一切？而小小龙虾，大大的牺牲，不仅为盱眙之旅游、经济打开条独特的上升通道，而且还大大丰富了我国的食文化。功莫大焉！

别了,"贡院"

这题目是我参观新开展的南京江南贡院后的主要感受。如果需要强调一句,我想说的是:万分庆幸,我"逃"过了那个时代。

其实,这么说未必准确。即便我生为彼时之人,以我对自己人格、学识尤其心理承受能力的了解,野心未必没有,但如贡院展示的那般"科考"历程,别说去试一下,就是想想都会毛骨悚然。就是进去了,恐怕也多半不是憋死在里面,就是吓死在里面,更没有(概率极微的)一举高中、骑大马、挂红绶、吹吹打打、"春风得意马蹄疾,一日看尽长安花"的风光与狂欢之可能。虽然当年届届科考都有无以计数的老童生、小神童,一而再、再而三地"赴汤蹈火"、屡败屡战——天哪,功成名就光宗耀祖的诱惑真就有这么大吗?可是,难道他们都是铁打的人吗?而他们作为人的尊严、人格又何在?

不过,本文无意探讨科举制度的是是非非。虽然中国的科举制度从始到终,再到现今,向来聚讼不已。称颂的誉其为"中国的第五大发明",叹美不绝;声讨的谓之曰扼杀人才、泯灭人性的绞肉机,几近切齿,尤其以八股取士等,诟病如潮。

如果一定要我表明一个态度,我认可它是封建专制前提下,一项了不起的制度创造;在人才和官员选拔上体现出的某种公正性,不可否认。除此之外,乏善可陈。

据介绍:江南贡院始建于南宋乾道四年(1168年)。明清鼎盛时期,是中国最大的科举考场。这里可容2万余名考生参考。从此走出的名人包括吴敬梓、翁同龢、张謇、郑板桥、陈独秀、方苞、唐伯虎等许多风云人物。林则徐、曾国藩等则曾在此担任过主考官。科举制度自隋创立、唐完备、宋改革、元中落、明鼎盛至清灭亡,历时逾千年。数不清的中国读书人在科举道路上,以经史子集为本,以"学而优则仕"为纲,穷其一生,竭尽全力,换取仕途功名……

科举博物馆建于地下。环形水池环绕的开放庭院中央,是四层通高的魁星堂。仰望魁星北斗四周,历代状元名录在灯照下熠熠生辉,引得观者云集,啧啧不已。而我却不禁暗中浩叹,此真可谓"一将功成万骨枯"呢。那更多的、无以计数的落第之人,其魂安在?

细究起来,科举制度在具体实施层面,实在有着太多不近情理甚至匪夷所思的问题。其根本症结不在技术或经济等条件的局限。比如为防作弊等,而采用一人一个号房,且关起来不得随意出入的办法。这似乎无可厚非,但那是什么样的"号舍"啊?每间建筑面积只有1.16平方米,远比单人囚室还小!而考生们不仅要在这巴掌大空间里终日冥思苦想，还要在里面睡觉、做饭、拉撒，住上三天两晚！而贡院仅供热水，其余所有食品和物品都需考生自带——考生们这到底是去考试，还是去受罪？官方为什么不能提供最基本的食宿？号房又为什么不能建得大些，毕竟要住两三天，起码也得提供个能让殚精竭虑、疲惫至极的考生躺得下来的地铺吧？

非不能为，不欲为也！就是说，那个时代的官方，缺乏最起码的人道主义或人文关怀（尽管考生中每届必然要产生一些"朝为田舍郎，暮登天子堂"的国之栋梁、官之翘楚），甚至还大搞有罪推定，比如公然无视应试者的基本人格、尊严，而将所有应试者全视为潜在的作伪舞弊者，或搜身、喝斥，或监视、体罚，直至把所有人都关在高墙之内方寸之地，视同猪狗般监视好几天！

即如入场搜检，由于入场考生人数众多，需要耗费很长时间。从初八日凌晨3点始，一直延续到初九日凌晨3点才结束。因为搜检时，不但要考生解开头发，还要解开全部衣服，脱下鞋袜，上下里外搜个遍。有的考生需要等待十几个小时，"露处达旦，困惫极矣"；这对考生身体和心理无疑是个巨大挑战，以致有考生因体力不支，掉进贡院大门边水池中，"溺毙数人"。

至于考生的具体感受，看看史上鼎鼎大名的陈独秀先生是怎么描述那一盛况的吧：

> ……我背了考篮、书籍、文具、食粮、烧饭锅炉和油布，已竭尽生平气力，若不是大哥代我领试卷，

我便会在人丛中挤死。一进考棚,三魂吓掉二魂半,每条十多丈长的号筒,都有几十或上百号舍,长个子站在里面是要低头弯腰的……好容易打扫干净,坐进去拿块板安在面前,就算写字台。睡觉就得坐在那里睡。一条号筒内,总有一两间空号作公共厕所,叫做'屎号'。那一年南京奇热,大家把带来的油布挂起遮住太阳光。号门都紧对着高墙,中间是只能容一个半人来往的长巷,空气简直不通;每人都在对面墙上挂起烧饭的锅炉烧饭;再加赤日当空,那长巷便成了火巷。煮饭做菜,我一窍不通,三场九天,总是吃那半生不熟的挂面。有位徐州的大胖子,一条大辫子盘在头顶上,全身一丝不挂,脚踏破鞋,手捧试卷,在如火的长巷中走来走去,脑袋摇晃着,拖长怪声念他那得意的文章,念到最得意处,用力把大腿一拍,跷起大拇指叫道:"好! 今科必中!"

……我并非尽看他,乃是由他联想到所有考生的怪现状;由那些怪现状联想到这班动物得了志,国家和人民要如何遭殃;因此又联想到所谓抢才大典,简直是隔几年把这班猴子、狗熊搬出来开场动物展览会;因此又联想到国家一切制度,恐怕都有如此这般毛病……

不妨再看看,美国传教士盖洛,又是怎样描述他亲见的江南贡院观感吧:

在众多不同凡响的景色中,南京有处风景十分奇妙,而且无论从哪个角度去看也都最为壮观——那就是贡院。它仅有一道门,所有人都得由此进出。万一有人在考试中不幸死去,尸体也都是从砖墙上方递出来。因为生员们都十分忌讳有死尸从门中抬出。

中国人十分重视科举大考,但也并非皆大欢喜。生员们的宗教信仰并不妨碍他们自杀身亡,有的吞烟片,有的上吊,还有的抹脖子。科考失败是导致忧郁、走向自我毁灭的一种原因;而科考时的极度紧张和持续压力造成的精神错乱,迫使很多不幸者自取性命……

有人告诉我,这里有个习俗,一位司仪要站在贡院大门前挥舞一面长方形黑旗,高喊"有恩报恩,有仇报仇",以报复那些胆敢在这个神圣的地方露面的杀人犯、恶魂。故成千上万的考生,会以令人恐怖的呼喊回应:"复仇者到,复仇者到。"伦理、迷信被神奇地糅合进中国的教育体系中。学子们都深信有些凶残的鬼魂会在这时闯进考场,夺走作弊考生的命。许多人胆战心惊,吓得当场毙命……

好了,不用多说了。还是让我快些离开这里吧。
地上华灯初上,眼前灯彩烂漫,周遭的氛围迷离匆迫却温馨。假如芥川龙之介魂归今日,他又会生出什么样的感慨来呢?

当年的芥川也到过江南贡院，也是这样的时分，难怪他会觉得："耸立于暮空中的明远楼的白色墙面之下，无数瓦片相叠连绵不绝的景观，不仅让人觉得十分夸张，同时也更显荒凉。我仰望着那些屋顶，忽然觉得普天之下的考试制度都无聊至极。同时，不禁对于普天之下落第的书生们深感同情……"

说得是呢，芥川先生。只不过，我比你有着更多幸运感。毕竟我已逃离了那个时代。虽然，某种现实还在提醒我，恐怕还没到可以向身后贡院挥挥手潇洒地道一声"别了贡院"的时候——这不，身后一对母子正交流他们的观感。母亲艳羡地敲打儿子说："江南贡院真了不起啊，出了那么多名人。你看那些中举的人，不仅自己风光，荣宗耀祖，连邻里乡亲都敲锣打鼓放鞭炮，他们也跟着沾光呀……"

"出名人？出得更多的是范进吧？"儿子显然是位中学生，他闷闷地抢白，"还有那么多连范进都不如的人！"

"你这孩子，怎么不想着好好学学那些成功人士、先进榜样呢？"

"先进榜样？搞笑喔！反正你不用受那些罪了，是不是？"

"怎么叫受罪呢？吃得苦中苦，方为人上人嘛！哪像你，现在条件这么好，可是叫你去住校还推三阻四……"

儿子一扭身子，不吭气了。母亲则继续嘀咕不已。而我已没了听的兴致，加快步伐，隐入人流。

紧要处

记忆中，那是一个相当阴冷的寒冬。1980年元旦前后的马路上，长久裸露着一堆一堆有待清理的残雪、冰壳。然而人间之世，却早早地吹拂起一阵紧一阵温暖人心、摧枯拉朽的春风——那就是十一届三中全会后方兴未艾的改革开放。所有人都仿佛大梦初醒，往昔迟缓踌躇的步履，突然轻快起来，心目中更是憧憬着也确信着，一个百花齐放的艳阳天，正驾着时代大潮、施施然降临人间。

这么一个特异的早春，也成了我个人命运的转折点。那时我还是一个刚刚发表过几首小诗的工人。元旦前夕，苏州文友尹平邀我陪他到南京，说要到《雨花》编辑部去打听他投去一个短篇小说的下落。当编辑告诉他小说刚通过终审时，他的表情突然呆怔，脸颊也抽搐起来。我清楚而羡慕地看见，两滴热泪滚下他的脸庞。而我，做梦也没想到，诗歌组的黄东成老师竟对我说："现在文学事业亟待发展，《雨花》需要借调几位年轻作者来协助工作。你能来吗？"

　　因此一言，竟就此奠定了我的终身命运。在厂领导的支持下，我于元月2日来到《雨花》诗歌组当助理编辑，更令我未敢奢望的是，半年后，《雨花》因发展需要，新获一些编制名额。虽经周折，我终于在1982年春天，经省文联党组批准，如愿正式调入《雨花》，一举由工人变成事业干部——须知，当时全省只有省文联机关刊物《雨花》这一家省级文学期刊、一家党报、一家电视台等。大多数业余作者发一篇文章都简直难于上青天，想跻身文学圈，尤其是省级文学圈，完全可说是天方夜谭。

　　环境决定命运，从此我义无反顾地正式踏上文学之路，并逐渐圆了儿时的作家梦。我在《雨花》获得宝贵的文学熏陶、文学培养和发展机遇，并从此扎根《雨花》，由诗歌编辑到小说编辑、编辑部主任、副主编、执行主编、主编直至退休，整整34年间，我万分荣幸地从《雨花》的产儿，逐渐变为《雨花》乃至新时期江苏文学史的见证人和同路人。

　　少时读柳青的小说，印象最深的不是买稻种的梁生宝，而是书中的一句话："人生的路很长很长，紧要处却往往只有几步。"我的文学履历不就是此言的一个活生生的注解吗？而我的"紧要处"，又不纯是偶然与必然、个人努力与命运、机遇等概念可以涵盖的。虽然它们都是我成为今天之我的关键因素。但作为一个中国人，我不会忘记社会、政治等根本前提对每个个人的决定性影响。根本上说，如若不是我有幸赶上改革开放后"百废待兴""百事待举"这个划时代的大机遇，一切都无从谈起！从这个意义上说，我的个人命运，绝大多数同龄人的个人命运和成长、发展之路，岂不又是国家、社会命运的一个个千姿百态而形象深刻的注解？

檐前雨滴响泠泠

　　是那种淅淅沥沥的雨。远远望去飘飘若雾,缠绵于起伏的绿林间。近处却汇成细密的水流,珠帘般垂于门前。雨帘后若沉若浮的,是那种圆圆耸耸挤挤挨挨的山包,茁笋般湿漉漉,分外青幽,俨然石涛笔下的大写意。

　　门前漫步着一灰一白两条湿毛草狗。一条在大嚼鸡头,另一条渴望着我筷上的鱼头。但我远远地掷给了趴在山脚雨檐下望我的黄猫。狗追过去,黄猫按住鱼头,呜呜地呲开牙花……

　　雨声渐密,和着碗里啤酒泡的咝咝声。感觉反而淡静。山腰的岚烟将景致和声响都凝成浅蓝的雾气。包括时间。恍然又见千年前的慧力悟禅师也现身门前:

　　　　一切声,是佛声,檐前雨滴响泠泠。一切色,是佛色,觌面相呈讳不得。

这也算是泾县之旅的一点收获吧。那是我们7个在泾县蔡村山道旁的一户农家搭伙的时候。"开轩面场圃，把酒话桑麻。"鸡是下蛋窝里现逮的，菜是山脚地里自采的，还有一碗来自梁上的腊肉。酒后我们让女东家只管开价。她眼花闪烁良久，终于下了狠心，蚊蚋般哼了声："120块……"

这地方远没有别处有名，但比起它周边的西递、宏村，远一点的周庄、乌镇等以古朴蜚声海内外的热门景点，这地方才真正当得起古朴二字。所以真有些担心我这类文章写的人多了，早晚也会让这片桃源沦为"景点"。这世上有什么美能抗得住汹涌的人潮和精致的修葺？名曰休闲，道是访古，实际上往往是始于想象，终于现实。我个人还特烦那种被导游掐着钟点、让讲解员牵着思维的旅游，尤其后者，讲得不可谓不细致，知识不可谓不丰富，但我们真是为寻求知识而逃避喧嚣都市的吗？何况哪次回家后，我们还记得小姐先生们的娓娓说道？

此来我本也没抱什么期望。不意到现在还有许多朦胧的牵恋在臆间萦浮。曲曲弯弯的山道，青烟袅袅的村落，随处可见的铁索桥，隐约于野林的古栈道，还有那跌宕蜿蜒地追了我们一路的青弋江。喜欢吗？那就上江边打几个水漂，到卵石滩上找几块奇石……

好多年了，好些地方，只有这一回，这个地方，让我们反复叨咕着还要再来。

唯愿再来时，它还和原来一样淳朴。唯愿你来时，别灌输太多的"文化"。

到郭亮去

郭亮，是个村名，说是为纪念东汉一个农民起义首领郭亮而得。郭亮失败后，率队隐居于河南辉县不通人迹的万仞绝壁上。其后人在这海拔1700米的崖坡上生息至今。现有83户人家，300余人。

郭亮村以其地势险绝、景色优美而被誉为"太行明珠"，而我是看了篇叫作"中国最危险村庄"的微文才知道这地方的。说是1972年，为打破长年困锁深山的命运，几十户村民在申明信带领下，卖掉所有山羊及山货，购买铁锤、钢钎、炸药，在一无电力二无机械的状况下，历时5年多，硬是凭着双手，在纯为岩石的绝壁中，一锤锤凿出一条高5米、宽4米、全长1300米的通道。为此，王怀堂等村民还献出了生命。而这条绝壁长廊，却日渐震撼中外，甚至被日本一部纪录片誉为"世界第九大奇迹"。我怦然心动，决意要去看看。近年来，抓紧时机，多到外面走走的心愿日甚一日。而世界如此之大，要看就要看那些最富特色、最有意蕴的地方。郭亮不仅山川峻美，还有气壮山河的精神人格和奇迹。再蹉跎延宕而失之交臂，岂不憾哉？

我这么说也是有所指的，即我发现人之一生，几乎都在与种种惰性和迟疑厮缠、挣斗中前行。帕斯卡尔说人是一株会思想的芦苇，只是这芦苇的思想常太过发达，而行动又往往像个跛汉，拖累"思想"常常成了有声无雨的电光火石。即如旅游，这些年我心向往者多矣，什么云和梯田、玻璃长廊甚至到西昌看卫星发射云，结果多是"晚上想了千条路，早上起来磨豆腐"——这回，"虽千万人，吾往矣"。

亲友们应者众而行者寡。好不容易定下日子，原先坚定者也犹豫起来：或曰路途太远，自驾太累；或云去过者都说危险，老大不小的，何苦还要涉险？更有人说近日气温陡增，不如天凉再说。幸好，几欲作罢的我，最终还是力排众议，踩下了出发的油门——说实在的，两天后当我终于驶入群峰耸峙的景区时，我的心是凉的。抬头确见气象万千，可并无多少奇观呀？郭亮再那个，又能让我这见惯世面者震撼到哪儿去？进郭亮须将车停山下，换乘景区专车，因而也不算险，但随着中巴嘶吼攀援，我的心突地揪了起来——经过漫长盘旋和许多几乎180度的转弯后，中巴一头扎进那令人神往的"挂壁公路"，满车人个个失声惊叫："果然是雄奇宏伟呢！"曲折起伏的洞内没有灯，郭亮人凿开多处岩壁以透光，洞路四处没一处平整，头顶、两边尽是犬牙交错、参差狰狞的乱石……想到这竟是人工一锤一钎生凿出来的天堑通途，不由得由衷赞叹："这才叫不虚此行呢！"若非敢想敢干，郭亮人至今还在崖畔上徘徊；若非决意践行，我所错失的又岂是一处壮景？这可歌可泣的"鬼斧神工"，要胜过多少华而不实的"思想"啊！

村里的黄昏满目夕照。我久久盘桓在白花怒放的山楂林下。眼前是出没云中的"挂壁公路"，身后是坐在简陋小院前和我一样深情凝视着对崖的申明凯老人。他是参加修路的存世者，年近九旬。我想问问他作何感想，又觉得一切尽在那罕见的天路里了。晚霞映在他枣红色的脸庞上，沧桑而又红亮，真像一朵盛开不败的大花。

今日蜀道

现代科技真让人随时陡生"可上九天揽月,可下五洋捉鳖"之慨。这不,我从决意去到在手机上点点划划,把去成都的机票、酒店、租车等手续全办妥,还不到半小时!步出机场再一个电话,租的车就把我接到那里,10分钟后,我就兴冲冲地踩动油门,开始了我神往已久的蜀中之旅。

说实在的,去前我是多少有些忐忑的。毕竟我是初次独驾,毕竟"危乎高哉!蜀道之难,难于上青天"之印象,是从小就烙刻在心的。"黄鹤之飞尚不得过,猿猱欲度愁攀援。"那我会不会也有"扪参历井仰胁息,以手抚膺坐长叹"之窘呢?

当然不会。今日之蜀道不能不说还有相对险峻之处,但却早已和江淮平原一样,大多已"天堑变通途"了。我上广汉看三星堆博物馆,登剑门关凭吊三国遗迹;再经阆中、宿雅安,直驱最高海拔5000多米的甘孜藏族自治州;寻摸"康定溜溜的城",触抚大渡河上那举世闻名的"泸定桥"……一大圈下来,我不仅没有困窘之感，反而时生"风景不殊，正自有山河之'变'"之欣悦！

这山河之"变"，首功当推那无远弗届的高速公路。我走的这一大圈，早已处处都被高速公路所勾连。那路宽展平服，沿途照样可以欣赏山姿水色。李白之所以感叹蜀道难，是因为他得像猿猴般攀爬在望不到头的崇山峻岭之表，而现在，一条条隧道从"铁扇公主"腹中穿越而去，汽车可以大摇大摆，轻捷而过。当然，毕竟是蜀道，隧道因此而一段接一段，短则三五百米，长则七八公里，有一段竟有20余公里之长。有幽闭恐惧症者，恐怕得为此喘上一阵粗气。实际上，隧道内灯火明亮，视野良好，顶棚上还大多饰有密集的长条彩灯，走着也好似在赏景。而说到赏景，路况的改善大大便利了人们观赏名胜古迹。如以三国蜀汉故事著称的剑门关，地处四川盆地北部边缘断褶带，大、小剑山中断处，两旁断崖峭壁，峰峦似剑，两壁对峙如门，故称"剑门"，历来享有"剑门天下险""天下第一关"之盛誉。故而李白亦有"剑阁峥嵘而崔嵬，一夫当关，万夫莫开"之叹。可想而知他当年攀援会何等艰辛。而我现在驱车直抵北门口，随即便有缆车送我登顶。那些刻意领略古人心境的游客，则仍选择徒步上下。配着登山杖，扶着铁索链，抖霍霍地踏着万仞绝壁上凿出的小道，上下四五小时。远远望去，那些鱼贯的人群，宛如云雾中伏壁而爬的蚂蚁，看着都让我心惊，但这又是多么壮观而富象征性的情景啊。今日蜀道已不再是望而兴叹的绝地，蜀中山景也已纯然成了任人赏鉴的佳境。不禁油然念及，抚膺苦吟之太白先生甚至历朝历代穷奢极欲的皇帝老儿们，可曾梦见而今我这无名小子之所见所闻？然再想，不消百年千年，倘我能感知我的后生小辈之人生形态，岂不亦将从地府惊醒转来！

康定溜溜的城

"**跑马溜溜的山上**／一朵溜溜的云哟／端端溜溜的照在／康定溜溜的城哟／月亮弯弯／康定溜溜的城哟……"

奔向康定的游客，多半应是被这首意境优美的《康定情歌》招引来的。我也不例外。30年前K歌方盛时，我每聚必唱的，就有《康定情歌》。而今当我一路哼着它驱入这梦幻之城时，歌声却戛然而止。岂止有一派亮晃晃的祥云罩在城上？劈面而来那光彩照人的跑马山外，还有"蜀山之王"——高达7500米的贡嘎山，雪影熠熠，银晖闪烁，宛如一座摩天接地的金字塔，屹立于群峰之上，高大险峻，气势磅礴。而纵目四顾，更是"环康皆山也"。山在康定原是寻常物，那穿城而过的折多河、雅拉河，浪花里卷着雪山之水；映着斜阳，泛着山影，呈现出千奇百怪之景。小巧而精致的康定古城，反成了身着鲜艳藏袍、风姿绰约的美妇人，含羞带娇地依偎在群山的怀抱之中，捧着哈达，低吟浅唱，欢迎八方来宾。

这情韵大获我心。旅游者，谁不追求特色？然而现在任你东游西走，让人眼目一亮心旷神怡的景色却日益稀罕起来。盖因过于人为的"开发"与粉饰，相互遮蔽，弄得处处都是同质化的"景点"、同质化的"古镇"、同质化的小商品摊档，到处陈陈相因，连各地的游客都鸭群般追着导游的小旗，东颠西转，蜻蜓点水。而你来到任何一座城市，大厦、霓虹、林立的高楼、阔绰的街道，和自家那旮旯几乎不分伯仲。还有什么工业园、高新区、创意产业园、艺术一条街和"生态园"，实际一园也不"圆"。不少地方更是热不了几天便门可罗雀、一派空寂——许多村寨里，房子大都出新了，三层农舍比邻而聚，但就是见人鲜矣！鲜红的春联尚未剥落，村委会、党群联系室、农家书屋等崭新的建筑就已经铁将军把门，看不见几个人头。因为元宵一过，大多年轻人便星散于四方，村子里只有几个老妪在房前屋角晒太阳，几个老汉在自留地里吃力地浇水，顶多还有几只鸡在衰草丛中觅食，几条狗在溪水之畔东闻西嗅……

康定却是很有特色的。特就特在她是座地道的高原山城。天公分明偏心，惠予她好山好水，还有草原深谷、温泉湖泊、叠瀑碧潭、杜鹃花山、奇峰异石、茂密森林，交相辉映。仅仅那四季毫无矫揉的自然变幻，就让人心驰神迷了。而曾属牦牛国的康定，山坡和草地上时时可见三五为伴甚至数十头成群的牦牛，静静地反刍在艳阳下，让我看着有趣。晚餐吃着鲜嫩的小牦牛肉又大快朵颐。而康定的市容也美轮美奂。最夺目的是她那藏区风格鲜明的建筑，大多饰有或红紫或蓝褐的彩涂，看着令我想起法国"世界十大魅力小镇"科尔玛。科尔玛的建筑，就多为木材搭建的多面形屋顶，墙面镶以或黑或红或黄或蓝、色彩鲜艳的"木筋"，看上去宛如童话世界，或简直就像是五彩积木搭建的房屋。

　　想想吧，这一幢幢、一排排皆具个性品位的彩屋，高低错落、相映成趣在碧水清流两岸；你优哉游哉地沿街漫步，那种人在景中行、景在两岸走的情境，究竟是一种什么样的奇美感受呢？此时再想起庄子的"天地有大美而不言，四时有明法而不议，万物有成理而不说"，真是别有一番滋味在心头呵！

回眸阿克塞

阿克塞是甘肃省阿克塞哈萨克族自治县的简称。听起来，是否已给你一种遥远寂寥的感觉？实际上她不仅遥远，还是我所涉足过的最神秘离奇之处，因而好些年过去了，我仍然时不时会想起这个奇特的地方，并最终于去年以此为目的地，自驾重游了一回。结果发现此地除了面积、人口数和地理环境依旧，城区面貌已焕然一新，以至我找不回当年的特异感觉了。于是翻出九十年代来此地后写的旧文，读后觉得还是将这文录之为好。以下就是我当年的感受：

……阿克塞最奇之处就在于，她可能是中国人均占有土地最多的一个县了——面积9万多平方公里，相当于一个浙江省，而人口仅有万余！

这么大的地方都有些什么呢？县里领导介绍说："阿克塞紧邻青海、新疆及蒙古国。居民主要是1936

年受军阀盛世才迫害逃难来的哈萨克人。境内有祁连山、阿尔金山及哈尔腾河、安南坝河。草原辽阔、水草丰美。此地以牧业为主，产马、羊、牛等，并多野骆驼、野驴、熊等野生动物。"可惜，我看到的仅是公路两边无涯的戈壁，和县城附近浅浅的草滩、零星的羊群。地方太大，交通太难了，想到去不通公路的草原牧区没一个星期办不到。已来此多年的县委宣传部部长告诉我，至今有几个乡他都没去过。从最近公路处"抓马"进去，最少也要换好几次马住好几天帐篷才行。当然，这是好些年前的景观了，现在应该有所改观。但地广人稀，各乡都筑路肯定划不来。

阿克塞唯有一条通敦煌和青海柴达木盆地的公路。我就是从敦煌到大柴旦时小住阿克塞的。一路上真是天苍苍、野茫茫，只是风吹唯见乱沙飞，根本不见寸草。天气干燥炎热，那戈壁也绝非想象中或别处所见的模样，岂止是一川碎石大如斗？视野里尽是漫无边际如野牛似羊群的灰黑色石阵，稍平展处又唯有黑褐的沙滩。苍茫暮色里，只有惨淡的夕阳无力地滑坠在昏黄的沙雾里，令少见多怪如我者，面对宇宙与自然的奇谲，欲惊却无言，欲悲则无泪。怪的是在这一片生命的禁区中竟仍有零星奔突的野物，不知是野驴还是野驼，活的石头般搅翻死寂的沙丘。没水，乏草，它们凭什么活着？尤令我惊异的是，偶尔也见得到一两棵不知怎么会生长起来的绿树，而有树则必有一两间孤零零的石屋。令我想起那屋的主人,在这茫茫戈壁中多像海明威笔下与大海巨鲨搏斗的老人:"不是生来要给打败的,你尽可能把他消灭,可就是打不败他!"实际上,阿克塞民众个个都是这种不畏艰险、永葆胜利者精神的强者。他们生活在这样一片似乎与世隔绝的地方,虽然有的能依水傍草,但大多数人终其一生也肯定嗅不到一丝现代文明的气息。原子弹试验时周总理曾决定搬迁此县,但居民不愿远离,仅将小小的县城挪了一下。他们凭什么不愿背弃这在我们眼中可说一无是处的偏远之地?我不能嚼透这哑谜,却由衷地为顽强自信而坚忍的生命(包括动物)感到骄傲。

许多年过去了,偶尔回眸,仍然清楚地记得到离开阿克塞那天,车过海拔3000多米的当金山口时,胸口因缺氧而猛地一震,心呕欲吐的感觉。看得见那小小县城唯一宏伟的建筑——清真寺尖尖的圆塔和那只有几间小平房的县招待所;看得见那位食堂里的阿克塞姑娘羞涩而纯朴的嫣然一笑。为我吃不惯羊肉,她特意费力地反复涮净煮羊肉的巨大铁锅,为我重做一小盆米饭和炖蛋。细密的汗珠使她的脸庞红而油亮,笑容却因之分外美丽,尽管她的牙齿也因水质欠佳有些发灰令人惋惜,而这,几乎是所有阿克塞人的一个特征。

坐马上山

这题目本该叫"骑马上山"或"走马上山",一看就透着潇洒,可我实在不好意思夸这个口:我两手紧抓的不是缰绳,而是马鞍上特制的铁环,目不斜视地绷着身板,由马夫牵着那鼻息沉重的老马,一步一颤地攀向高崖。

山是贵州铜仁的九龙洞。山势不算太险,却曲曲弯弯,陡坡众多。风景也美得可以,身后是玉带般蜿蜒的锦江,身前是青幽峭拔的奇峰怪壁。有众多山民在此牵马带客,成为又一个颇富刺激的旅游项目。说它刺激是对都市人而言,这种体验比偶尔在平地遛一圈马更新鲜有趣。此外还多少有些惊险。山道漫漫,宽不过一米多。一侧紧挨峭壁,一侧却是百丈深崖。每到弯处,尤其是石阶拐角,马儿的后蹄距路沿不过十公分,有时简直已悬在虚空了。倘若那马儿不小心来个马失前蹄的话,我的天哪!我一路上无心赏景,随时警戒着如何不从马背上掉下去,如何在万一那一刻来临的刹那能从坠崖的马背上挣脱,虽然在没处垫脚的情况下，让我从不动的马上下来都有些胆怯。

好在对马的同情多少转移了我的担忧。那马儿真苦！坡陡人沉，砂土路崎岖而易滑，间或还有段高高的石阶。马儿一步一挣，时时打战且鼻息如喘，不一会儿就大汗淋漓，而目的地还遥遥地藏在万木丛中，影子也不见呢！不知是枣红马耍小聪明还是它刚好闹肚子，总之它一路上不断停下，任马夫百般吆喝，就是不动弹。好一会儿，拉出点屎来，复又攀登。"坏东西，又屙了！"马夫扬鞭欲打，总被我制止。有一次马儿挣向崖边的滴水处欲喝口积水，马夫终于抽了它一鞭，我勃然怒吼："让它喝！"吓得马夫再也没举过鞭子。而我却并没有平静，心里升腾着一种作孽感，也不知我哪来这么大的火。恨马夫太心狠太贪婪吗？是的，胯下这马，多像臧克家笔下的《老马》呵：

  总得让大车拉个够／它横竖不说一句话／背上的压力往肉里扣／它把头沉重地垂下！

而隐隐的惭愧和对自己的某种失望，恐怕是更重要的原因：早年的我，曾作过《我愿是一头毛驴》一诗，豪气冲天地吟什么：

  尽管我不能驮着勇士去冲锋杀敌／但我会在骡马过不去的羊肠小道上／运输分量重于我的物资／只要主人把鞭梢一指／我都愿意去呵我都愿意去——

可实际上呢？还不到50岁的我，却只会抖呵呵地"坐"在可怜的马背上了！当然，人毕竟是人，马毕竟是马。你说马也好，道驴也罢，终究只是种比兴，当不得真的。但当年之我确也曾有过满腔豪情，是什么如此快地消磨了它？

目的地到了。付钱时我才刚发现似的猛省到，其实马夫也一点不比马儿轻松，浑身几无干处，红赤的脸，汗糊得睁不开眼睛。而她还是个50开外的瘦小老妇！这么艰苦的山路，让我跑起码得个把小时，她和马总共才挣10块钱！而当我游完洞下山时，却见她又拽着那可怜的老马，驮着个大胖子往山上赶了！

如山般坚忍的马儿，如马般含辛茹苦的山民呵……

那拉提

什么叫美得令人窒息？什么叫绚烂得令人生疑？什么叫添之一分则腴，减之一分则瘦？什么叫得天独厚、鬼斧神工？什么叫眼前有景道不得？

那拉提是也。

我说的是新疆伊犁哈萨克自治州新源县那拉提镇，那片数十平方公里美妙绝伦的天然牧场（又称空中草原）。说其得天独厚，是因它恰好处于适宜的经纬度，四面环绕着天山山脉绵延不绝的群山，其谷底平坦辽阔，半坡则迂缓起伏，最适宜牧草和野花的生长。而周遭的群山绝顶，终年冰盖如镜，雪峰熠熠，不仅晖映着碧澄如洗的蓝天和大团大朵立体的云彩，成为那拉提绝佳的屏障和独特的背景，还为草原提供着充沛的水分。无怪那拉提的群山都是绿的，密集挺拔着云杉和树冠浓密的榆、杨；山腰和林间的花草则异常肥美，蔓延得火一般恣肆，斑斓得令人生怜。远远望去，坡上坡下都像植了层厚厚的绒毯，不像有些草原，

"草色遥看近却无"。这里的"绒毯"底色自然是油润肥厚的绿，却又绝不仅仅是翠绿或青黛，一片一片妖娆明黄的野油菜花，一抹一抹娇艳火红的虞美人花，一团一团赤紫生香的紫云英和星星点点叫不上名来的奇花异葩，为这张美不胜收的大绒毯点染出异常美艳而富于层次的纹饰，更别说那一朵朵、一簇簇散落在草场深处白蘑菇般漂亮的哈萨克毡包，和一群群优哉游哉地喷着鼻息、甩着长尾怡然啃食的伊犁天马，还有静静地卧于花丛反刍的奶牛或嬉戏于毡房旁的小狗小羊……身处这处处洋溢着诗意和勃勃生机之桃源的观光客，如何能不深深陶醉而声声叹息"此境只宜天上有"且为自己的词穷舌拙而大为遗憾？

诚然，任何人为的言词或描摹在自然的杰作面前、在浑朴天成的至美面前都是苍白无力的，所以我很少敢下笔写游记。道理很简单：见过者会觉得你尚未描摹出他所感之万一；没切身体验者又难以借你的文字想象出重撼你心窍的那一份质感。但这回不同，当我卧于没膝的草丛中不忍别去之际，心中浮漾的，却还有某种淡淡的隐忧。过往我见过太多的美景，却在旅游大开发的热潮中面目全非。纯朴、自然、处子般童贞的那拉提，该不会重蹈它们的覆辙吧？我想不至于，但又不敢确信。盖因我们人类在无言的自然面前往往太过自信，甚而可说是狂妄自大。比如我们过去总爱说人定胜天，后来又特别强调天人合一，却很少认真想想，天或自然的根本特质就在其浑然天成而纯真不虚。而人，尤其是社会中人，有几个敢自认是不带惯面具生活、不矫情做作或纯朴无瑕的？以此面目行走于世，虽然你可自封是"万物之灵长，宇宙之精华"而为此意淫一把，但若真想与天合一，恐怕首先得想想我们配吗？天又乐意吗？好在庄子还是明智的，他强调："天地有大美而不言，四时有明法而不议，万物有成理而不说。"就是说，四时的序列、万物的荣枯，全仗天或宇宙的伟力所致，而天却从不妄自尊大。那么，人还有什么理由不对天多一份虔敬、膜拜和顺应，而少一点自作多情或一厢情愿？

顺便说一下，就在我离开那拉提的第9天，突闻伊犁发生了6.6级地震，而震中就在那拉提一带。我不禁为当地民众捏了把汗，衷心祈望他们都平安无恙。但我却并不为那拉提的美景担忧。"天行有常，不为尧存，不为桀亡"。地震也罢，冰雪雷雹也罢，只会让那拉提别具风采。因为其本身的魅力即来自变幻无穷的造化，天生就是大自然的骄子或不朽杰作。

老 刘

是在莱芜，卧云铺，我好生钦羡一个人。

他姓刘，58岁了。他中等个子，黑红的脸膛。看上去敦敦实实的，他却说："老了，不中用了。"可是整日里，我见他几乎一刻没停歇。扫一个偌大的场院、整理好些个房间，侍弄几十盆沿台阶排到坡上家里的盆景：玫瑰、茉莉、杜鹃、红辣椒、青香菜，还有许多我不知名的从山里挖来的野花木。红红绿绿，长得分外欢势。他还要喂一大群满场跑的鸡鸭，喂5只昂昂叫的大鹅，喂2条圈养的大狗。除了狗是看门的，其他都是养来吃的。给谁吃？主要是住宿的游客们。对了，老刘开着个小民宿，帮手是老婆和女儿。房间不多，但7个一排，正对着清秀巍峨的大山包，终日里听得见山上飞泻的涧流响，还有啁啾的百鸟争鸣和嗡嗡的各种虫唱。有趣的是老刘还管烹调。他老婆打下手，女儿则主管两个上下乱跑的小娃娃。我点了个公鸡，老婆操起刀一挥，扔进滚水里，不一会儿就拔毛洗净下了锅。老刘的手艺没的说，加上土炉山柴火,那一大锅剁碎的炖鸡汤,真是不要太鲜美。

让我刮目相看的,是老刘那漂亮的自我救赎。他原在采石场打石头,几年下来就"翻不动石头了"。膝盖红肿积水,睡觉要靠手把腿搬上床。别人可能就此窝家里,或者开个小民宿也可维生了。老刘却鼓捣起石雕来,因为它能坐着干。完全是半路出家、无师自通。不知砸破多少次手,又凿坏多少乌青石,十来年后却成了出色的工艺师。他家门前那对1米高的石狮子,有神有势,就是他雕的。他种花养鱼的那么些缸盆坛罐,供客人吃饭的好几张圆桌面,也是他刻的。院墙和地上贴的片石上那灵秀的花草纹饰,都出自他手。更绝的是他出卖的工艺雕像,我当是从哪儿进的货,原来也是他的手艺。也没个图纸,看了样品在脑子里琢磨透,一锤一錾,日雕夜凿。大小各异的牛呵、虎呵、端庄灵性的貔貅呵、眉清目秀的招财童子呵,一个个就形神兼备地活起来。

我看着欢喜,就买了个一掌多大的石犍牛,造型颇像华尔街上那著名的大铜牛。埋首抵足、两角铮铮,眼里像射出不屈不挠的光来。老刘说这牛能招财进宝,我爱的可不是这个。它太像老刘的自况像,刚毅勤奋还大有灵性。当年他歇下来,也照样能过到今天,但那恐怕只是生着,而非"活"着。老刘用粗糙的双手和刚劲的铁锤,把自己的生命雕凿到极限。他锤打的不是石块,而是金箔。他那样的生活,我连一天也过不了,但他的精气神,却够我咀嚼一辈子。

观江豚

出游多了,越来越有一种遗憾,到哪儿都有似曾相识之感。这古镇、那老村,美则美矣,却多是加工过的新面目。这名山、那怪洞,奇是奇矣,几乎都一副模样儿,和沿途的山水难分伯仲。所以我到哪儿都大加搜索,试图找出点特色看看。所幸这回在铜陵,搜出个"白鱀豚养护中心",这可是天下独一份啊,于是火速驱往。

先说说我的观感:大开眼界。然则仍有一天大的遗憾:作为中国的水中大熊猫,白鱀豚业已在2007年被宣布"功能性灭绝"。所以我看到的只是它在养护中心泡在玻璃缸里的遗体!而它们的同类——江豚,虽还能潜伏于江中,也已属极度濒危生物。养护场资料记载,长江江豚现已从1991年的2700头降至2017年估算的1012头!呜呼!而其因不用我絮叨,想必你也能悟出个大概。无怪我们要建立国家级养护中心来保护它们。就这样,我在此看到的,总共只有11头!

好在我到时刚赶上下午的定点投喂时间。那些聪明的家伙早已群聚于此，小鱼一落水，它们便上下翻涌，时而露出光滑圆润的身子，时而探出水面，张开大嘴狼吞虎咽。模样儿十分别致又美丽可爱，令我兴奋得大呼小叫。同时想起当年在日本出海去看海豚的情景。

当然，那回的情景要比这壮观多了。那些个海上骄子个头比江豚要大两三倍，数量就更不是一个量级。且它们不似江豚只三两成群，而是喜欢群居，一个族群少则几十头，多则三四百头。自由惯了的心态显然也使它们傲骄得多，真个是"万类霜天竞自由"，一个个如此自在、从容，如此悠游、潇洒。它们表演欲十足地不断出没于风波中，给观者带来一迭连串的刺激和满足！忆此不禁又让我为江豚的处境扼腕三叹！

其实，江豚并不逊于海豚，它们本就是同宗兄弟。只是江豚属鼠海豚科，外观上最明显的区别是江豚体型小而没有背鳍。海豚，实为一种宽泛的叫法，其所包含的种类相当多。而海豚和江豚的最大差异在生活环境上：一个生活在浩瀚洁净的海水中，一个生活在咸水和淡水交界的近海江中。正因为江豚更靠近人类的生活环境，其种族命运才如此悲催吧！

所幸这些生活在养护场的江豚得天独厚，个个健康而快乐，吃食后仍不停翻露水面，似在表达它们的心声："嘤其鸣矣，求其友声。"没准它们是在向我们示好和求取沟通吧？而我们看见它们就倍觉亲切，恨不得跳下去与它们相拥相戏，岂非也缘于生命与生命间友爱与相怜相惜的本能？毕竟，我们同是地球村的子民哪！

六尺巷记

六尺巷,古来即是天下游客津津乐道的打卡地。典出于桐城先贤、被康熙赞为"始终敬慎,有古大臣风"的张英。张英官至文华殿大学士兼礼部尚书,而其子更了不得,乃是担任过内阁首辅、首席军机大臣,清朝唯一配享太庙的汉臣张廷玉。

这样的家与人,民间谁敢与之争锋?

还就有一人。据说张英的府第与一富户吴姓相邻。吴姓盖房欲占张家隙地,双方发生纠纷,张英家人觉得自家权势大,不愿退让,还为此打起了官司。地方官谁也不愿得罪,就反复出面调解,但始终没有达成共识。事情越闹越大,张英家人为快速"搞定"这事,就给朝中的张英写信,意思是吴家欺人太甚,请张英一定要给家里出口恶气。孰料相爷张英阅罢,却付之一笑,批诗寄回曰:"一纸书来只为墙,让他三尺又何妨。长城万里今犹在,不见当年秦始皇。"家人得诗,愧然大悟,旋即拆让三尺地皮于吴姓。吴姓深为感动,也即让出三尺。于是,便形成两家间一条六尺宽的巷道,成为后人必去瞻顾且唏嘘叹赏、四处传颂之地。

我呢,既来之,自然也得去看之。不过我感动之余,望着相府那高墙大院,忽然想起一句老话:"一入侯门深似海。"到底是相爷,其府内之亭台楼阁、小桥流水之煊赫,甚出乎我意料。倘我是那府主,或许也不会在意区区三尺之地,乐得做个好人且事实上也流芳了千古。反之,若那张英家,亦如我等平头百姓只得几十、百把平方米老屋,恐怕头破血流也要寸土必争一番吧?然再想,我这不是典型的以小人之心度君子之腹吗?张英之虚怀若谷、器识宏大,也还是明摆着的。所谓有诗为证:"长城万里今犹在,不见当年秦始皇。"其意旨浅显却十分深远。故这六尺巷之典真正动人处,并不在那三尺之地,而在张宰相之人生观的通透豁达、品格的明智高迈。有此襟抱者,纵升斗小民,也未必会斤斤计较那些世俗功利和眼皮底下一点是是非非了。更值得强调的是,人生于世,尊严至上。咱们又最在乎面子,人们百般算计、千般争斗,常常并不在于几分财利,而是"不蒸馒头争口气"。那张英贵达一人之下、万人之上,让出的可远不止三尺之地,而是在官大一级压死人的封建时代,某种程度上向平民的纡尊降贵。这就益发难能可贵了。念此不禁深感不虚此行,是以为记。

橘红的记忆

橘子本是寻常物,我却对它有着一份特殊的情感。

因为我亲历过一段橘子乃至粮食都异常金贵的日子。现在的孩子一出生就"理所当然"会看见的橘子和其他五花八门的水果,几乎都是我七八岁还没有品尝过的。因而第一次吃到橘子的记忆,至今还深深烙印在心头。

大约是1961年的秋天,父亲从上海学习回来。一进门就不无神秘地笑着,从黄挎包里取出个比巴掌大不了多少的新铝锅,让我和姐弟猜猜里面会有啥。

我们从糖果、饼干、馒头、鸡蛋到铅笔、橡皮等几乎猜了个遍,就是没想到,小铝锅里竟是3只红皮鸡蛋大的橘子!

几乎是转眼之间,我就把属于自己的一个橘子吞下了肚。那份沁心的甜,那种特异的香,从此便不可能忘却了。现在我还清楚记得,我们三姐弟是把那橘子的皮放在枕头边,天天嗅着它的香息睡觉,直到它霉烂才恋恋不舍地扔掉的。我还记得的是,吃橘子时只有姐姐对父亲和母亲谦让了一下，可母亲说她早就吃过橘子，才不稀罕呢，而父亲则说他在上海时都吃饱了——为人父母后，我想起这事，更确信他们当时是撒了谎的。

不过，我真的在几年后过上了在物质依然匮乏的时候依然能放开肚皮吃橘子并也能让家人畅快吃橘子的日子。那是在1969年末，我没有到农村，而是幸运地被下放到太湖西山岛上的煤矿——这个幸运是后来才意识到的。当我们的小火轮在烟波浩渺的太湖上颠簸，当我和同伴们在萧瑟而已相当寒冷的秋风中挤在舷梯旁，望着扑面迎来越渐清晰的群山雾障，忐忑地猜测着未来的命运时，我的心里其实是相当晦暗的。因为命运的不可捉摸，因为未来的不确定性，我本能地担忧着自己的前景。

再也没想到，西山其实是个盛产橘子、桃梅、茶叶的花果之乡。而我们来时，正是橘子红熟的时候。一上岸就惊喜地看见漫山遍野的橘园，绿叶纷披的枝叶间，沉甸甸地缀满诱人的小红灯笼。那情景，若是看过归亚蕾主演的《橘子红了》便不难想象了。因为那个电视剧的许多场景就取自西山和东山——第一次回苏州探亲时，我倾囊而出，背了两大篮橘子带回家，骄傲而无须做作地对父母姐弟说："你们只管吃，我在山上早就吃饱了……"

也是在西山的时候，我无意中在一个上海知青家读到了屈原的《橘颂》：

后皇嘉树，橘徕服兮。
受命不迁，生南国兮。
深固难徙，更壹志兮。

> 绿叶素荣，纷其可喜兮。
> 曾枝剡棘，圆果抟兮。
> 青黄杂糅，文章烂兮。
> 精色内白，类任道兮。
> 纷缊宜修，姱而不丑兮。
> 嗟尔幼志，有以异兮。
> 独立不迁，岂不可喜兮？
> 深固难徙，廓其无求兮。
> 苏世独立，横而不流兮。
> 闭心自慎，终不失过兮……

坦率说，别说是当时，就是现在，让我不靠注释，也无法完全理解屈原的心志。研究者们叹赏不已的屈原之爱国情怀，他那形而上的哲思，于当时之我基本无解，但这并不妨碍我对《橘颂》直觉的悦纳。我更为自己发现了一个大诗人与我的某种共通处而自豪。从此我反复吟咏，竟能大致背出《橘颂》。

那时我有个习惯：心境波动或烦闷无聊时，我常会独自于山间坡下徘徊。而遇见橘林，则情不自禁会吟起"后皇嘉树，橘徕服兮。受命不迁，生南国兮""苏世独立，横而不流兮。闭心自慎，终不失过兮"，恍若自己也成了一株自信陡增的嘉树……

一晃，数十年过去了，橘子也早已因新时期带来的物资大流通而变得越益寻常了。然而，似乎总有一条隐秘的丝线，依然将我的某种情感与橘子、与"嘉树"拴连在一起。最近的例证便是，不久前红孩来电，命我到江西南丰采风。采风于我本是常事,但我却脱口道了声好:"那可是著名的橘都呵,久闻其名而一直没机会去看看呢!"

实际上,我的兴奋首先源自我多年来对"嘉树"的好感。而我对南丰的印象,也不仅仅因为其知名度远在西山红橘之上的贡橘,而是红孩的电话还让我霎时记起,我曾近乎神秘地邂逅过一个全然陌生的南丰老人!

那是10年前秋末的事了。我和朋友出游,曾在南丰的上级市抚州住过一个晚上。

那夜已过10点,或许天涯孤旅较易敏感吧,此夜我心绪不宁,毫无睡意,索性出来散心。走累了又蹲在一处路牙上发愣。此时的街头因行人渐稀而显得异样空阔,灯火亦倍觉煊赫,正可谓光焰烛天。车流虽然也稀了,却仍可谓穿梭如织,尤其是一些趁夜过城的重型卡车,隆隆之声令我脚下的地皮都战栗而发烫。

不知为何,一团莫名的压抑感,犹如夜间黏湿的雾气包裹了我。一个个似乎毫无理由的问号,则如那一辆辆突如其来的车辆般匆匆从远处驰来,又似乎从来没有出现过一样匆匆向远处飘逝。这么晚了,这些人,这些车,包括我,为了什么还在外头奔波、徘徊?一个人有一条生命,一条生命有一串故事,这些故事因为什么而神秘地交织在这么一个异乡的时空之间?他们是这故事里的什么角色?我又是其中的什么角色?故事必有喜,故事亦必有悲,谁编织了我们的喜与悲?又是谁把我们编织在当下这个莫名其妙的故事里?

据说,纪晓岚在回答乾隆对江上穿梭的帆影之问时曾说:"天下熙熙,皆为利来,天下攘攘,皆为利往。"此言似乎正可以解答我的疑惑。然世事、人生，真可以如此直白简洁地概而括之吗？我总觉得，逐利只是人生之表象。总有更多芸芸众生也许终其一生也不得要领的东西，驱策我们奔忙一世。否则，人生也未免太简单、太乏味也太无价值可言了。

正玄乎间，恍然意识到不远处的巷口，有个坐在路牙上的人，正在偷偷觑我。说是"偷偷"，是他一触及我的目光，即刻便掉过脸去，双手抱膝，作正襟危坐状。而先前我就依稀觉得此人在注意我。于是站起来近前去，看清楚这是个50开外的山村老汉，头发纷乱，穿着件旧军装，上面地图般板结着汗渍。这么晚了，我是出于无聊而蹲在街头，而他却是出于生计，在这儿守着身边那一背篓橘子。只是那橘子大多还发青，夜又深了，如何出得了手？怪不得他老觑我，是把我视为某种希望了吧？

我心一悸，便走过去说："这橘子一定还酸吧？"他老实地点点头，却又说："我们南丰的蜜橘，青点也不太酸，解渴很可以。"我问他多少钱一斤，他说是1块便可以。说着竟抓起好几只连着枝叶的橘子往我手中塞："尝个鲜吧，不要钱。"

我心一热，便打算帮他一把。边往他秤盘里装橘子，边问他为什么不等橘子长熟再卖个好价钱，哪知他竟叹道："哪里舍得嘛！可是小孙女在对面医院住着呢，钱花得恼人。能找几个钱就找几个吧。"我一听，又往他秤盘里加了些橘子。可付完钱后，他仍往我袋里塞橘子。我谢绝，万万没料到，他居然又说出如下这句话来："早点歇吧，天黑得再狠，睡一觉就亮了。"

我是走出一段路才回过味来的。我的天，怪不得先前他老在偷觑我。原来他也在同情我！原来他怕我有什么想不开！原来他早已悄悄进入了我的"故事"。

我蓦然回首，但见朦胧而炫目的光晕中，那老汉又如先前一样，双手抱膝，仰着头，老僧入定般望着迷乱的星空……

此行我是自驾来的。甫入城郊，眼前突见一座青峰，巍巍然而峨峨然，雄伟峻峭、气势非凡地傲立于苍穹之间，倚天接地，携着身边的逶迤群峰，环护着一座生机勃发的城。

叹赏之余，我了解到，那就是海拔1760米、号称"赣东屋脊"的军峰山脉。正是她的存在，加之南丰地属中亚热带季风气候区，温暖湿润和土壤条件的优异，决定了南丰蜜橘极佳的品质特性，成就了"南丰蜜橘"之美名和千年贡品的独特地位。而晏子那"橘生于淮南则为橘，生于淮北则为枳"之言，果然不是信口开河呢。

当然，人的因素还是第一位的。正是一代又一代南丰人兢兢业业、精心侍养并不断钻研科技，才有了今天南丰多达70万亩浩瀚橘海、年产能让14亿国人人均食用两斤的煌煌伟业！

稍觉遗憾的是，我来采风是在9月22号，时令较橘熟的10月下旬还早。所幸漫山遍野、村前屋后茂密的橘林间，尽管还看不出红色，但从那棵棵橘树上都已硕果累累繁星般坠弯枝条的景况来看，驰名中外的橘都，势将又迎来一个令人欢欣的丰收年。因而我完全想象得出，当橘子红熟之际，南丰会是怎样一幅盛景。只是，在"观必上"乐园赏橘之时，我见两位老人在林中修剪橘枝，不由得心头一颤，心想：其中不会就有当年那位老汉吧？

当然没有。但我并无遗憾。毕竟邂逅那老汉是10年前的往事了。从南丰飞速发展的历程来看,我相信那老者的境遇也早就改善了。他的小孙女也应该早就痊愈、成人了。没准她现在也在自家的橘园里忙碌着,心中则绽放着比橘红满枝更加鲜艳的好光景……

不由想起早年在西山时写下的几句散文诗。回家翻出旧作,虽觉它未免如眼下的青橘般生涩,却也暗合了我当下的某种心境。索性不揣浅陋,录此为结吧:

  阵阵清香,将我邀进宁谧的橘园。
  橘叶,绿得发乌。橘实,青得滴翠。橘枝,垂得深沉。
  没有成熟的果园,雀儿不爱光顾,笑声不来撒欢。只有雾珠和青橘亲昵嬉戏,只有微风和枝叶朝夕絮语。
  我却在这里窥见了生命的底蕴:
  红橘有红橘的妩媚。青橘有青橘的娇艳。
  红橘是迷人的成熟,青橘是神圣的孕育。
  孕育比成熟更有魅力……

其实,尽管南丰橘都的历史已逾千年,相对于时间的长河,她的发展也还处在青橘般的孕育期。未来的美景,正不可限量呢!

老杨树下听唠嗑

去京探亲。傍晚在小区溜达,见有好几棵合抱粗的老杨树下,环着半个多篮球场大的空间,置有十来张长椅。树下都有张可打牌的四方桌。此时天高气爽,夕阳余晖,桌边都坐了些小区的老头老太。

我在一张长椅上坐下歇脚。身畔方桌上,早围着4个老太在唠嗑。

我漫不经心地听了几句,不觉渐渐留了神。A说:"……所以说一定不能舍不得花钱。她才多大岁数呀?60刚出头呢,这不,为省几万块支架钱,走了!"B说:"可不是吗?我们厂那马工,肥得坐那都喘气。结果怎么着,一气装4个支架,好了!见天搁外面遛弯哪!"C说:"那敢情是。可也得分能不能花得起那个钱。摊上我,大几万块的,自个愿意,儿女也未必肯吧?"D说:"您这话是怎么说的?您花的是自个儿的钱,该儿女什么事呀?再说,我还得让他们给我掏呢——退了休还天天来家蹭吃蹭喝，带这拿那的，赶上爹妈要救命，他们就不言语啦？"

"那是。不过现在的儿女们哪，也确有那不靠谱的。就咱家那俩闺女吧，一个比一个嘴巴甜，可也一个比一个会使唤人。一会儿这个要我去看外孙子，一会儿那个又把孙女给扔家来了。还一个比一个抠门。"

"抠门算什么事呀？咱家那小子才叫邪门哪，满口说着要什么二次创业，哄着咱们把房本儿给他去贷款……"

"那哪儿成啊？"——另外几个老太齐声疾呼，"给啥都可以，万不能往出给房本。要不然见天就变脸，你那日子就甭打算往下过啦！"

"啧啧啧……不过要说到带孙儿女，我的感觉和您不同。我是想带带不成，想看都麻烦。闺女那老婆婆，整个一个蛮不讲理的老怪物！明明看着她事事不地道，孩子搁她手里天天生病，可你要是给她说几句，立马给你脸色看。闺女也没用，左右不了她。本来说得好好的，过国庆接来咱们家，结果又说要带他出国玩，硬是又赖了一回。"

"要我看，你就是那想不开的主！他们出国看西洋景，你也出去呀？甩俩膀子看风景，还能比搁家给小子们当牛做马差呀？"

"我当然也出去。这不，上个月还跟个旅行团去了太原。什么王家大院、晋祠的，都看啦。"

"国外呢？这点上我儿子倒是没的说，好说歹说哄我们老两口去了意大利呢，还有法国荷兰七日游哪……"

"咱也玩儿去呀！不过外国咱可不去。"

"为啥呀？"

"爱国嘛。咱爷们当兵出身，提起美帝就来气。小日本就更甭说了！"

"嗐！照你这话说的，这大中国，全让你一家子给爱了？你想这全国上下的，上起党中央、国务院、省长市长董事长，再到咱小小的社区主任，有哪个领导没出过国？那不都成了不爱国的主啦？"

"哈哈！"一阵突如其来的笑，把刚栖上老杨树的鸟雀儿，吓得又飞起几只。我也哑然失笑。这老杨树下的方寸之地，好像个社会缩影呢。

南汉村

南汉村是我祖籍地，属于山东威海乳山市冯家镇。当年父亲随军南下，把我生在苏南，但我从小耳朵里就灌满父亲对故乡的种种念叨：大沙河、香芋头、满山的苹果、新麦粉做的大白馒头、甜硕的大葱，还有他离家前，村里的种种人和事。在后来的特殊时期里，父母曾申请回乡种地。我又期盼又忐忑，好些天在熟稔的街巷里徘徊，痴痴地站在石拱桥上询问流水：将来我还能见到你吗？

再后来，因种种原因我们未能成行，但我在工作后有了条件时，特地回南汉村看了一下。那是上世纪80年代的事了，许多记忆却至今犹在心中暖暖地跳荡。比如，听说姜承恩家大孙子回来了，几乎满村人都到爷爷家来看我。这家带来一筐苹果，那家塞给我大把花生，还有新麦粉、鸡蛋、父亲念叨多年刚挖出的香糯芋头，虽然我最终大多背不走，但那几天里吃得几乎下不了炕。

是的，炕。老家人吃睡都在炕上，一张小矮桌，大家盘腿挤得满满腾腾。因为实在排不过来，于是我每天从早饭开始就喝酒，一天三顿各家转。可这样也转不过来。父亲排行老大，村里还有他兄弟、妹妹6大家，更别说我那些堂的表的亲戚了，满村小一半都跟我沾亲。特别有意思的是，吃饭时老家女人不能上炕。于是喝酒时不断会有个我不认识的妇人撩开门帘，笑眼花开，嗓门大大地招呼我，说她是我的什么嫂什么婶："你爸好吧，你妈那年回来时，怀里不就抱着你吗？"晕天糊地的我满嘴应承，其实一个没记住。因为这，我好些年没再回老家。也因为，当年看到的乡亲们，尽管热诚，实在还太贫乏。记得临走前在三叔家吃饭，他特地赶早上镇，买回两条比巴掌大不了多少的鱼，一进门鱼身就脱离拴绳掉在地上。我闻到一股腥臭，说："这鱼都烂糟了，还能吃呀？"满屋人都笑起来，连声说："使油炸炸，好吃得很！"还说："臭鱼烂虾，山东人老家，山东人不吃，可以撂了！"

  而今城市已金碧辉煌、光怪陆离，乡村也都是新农村了。老家人也早就不吃臭鱼烂虾了吧？于是我又驱车回了一趟南汉村。村子里果然焕然一新。老破房都成了横成行竖成排重建的新瓦房，许多人家还都是高门楼，刷的是新油漆。家家门前摊晒着满地金黄的新玉米，香芋头、新花生也随处可见。村外山坡上，苹果正红，只是不见有人采，树下掉了好些个熟透的红果子。更有一片山楂林，满树鼓绽着嫣紫硕大的山楂果，也不见人收。尤让我愕然的是，在村上转了好半晌，没见一个30岁以下的年轻人，孩子也屈指可数。村委会大门紧锁，阳光懒懒地躺在挂满蒜头、红椒和玉米串的院墙上,风则百无聊赖地在村巷里乱晃。碰见的人,全是老头老太。有几个老人还知道点我家情况,但爷爷和两个叔叔已然离世。他们的子女和几个姑姑家也门扇紧闭,大多外出打工或迁居乳山、烟台、北京甚至海外去了。一个老奶奶领我到一个正在屋前剥玉米棒皮的老头前,说那是我堂叔。可这位堂叔也80多了,耳又背,半晌听不清我在嚷什么。只是他枯枝般的双手还很有力,捏紧我手半天不松,让我的双手和心里都隐隐作痛……

蓦地想起赫拉克利特的名言:"人不能两次踏进同一条河流。"

无疑,我也不可能再回到那温馨的过往了……

好在生活没有停滞。南汉村还稳稳地驻守在胶东的沃土上。苹果依然会红,芋头仍然香糯。像鸟儿一样天南地北飞散的人儿,大多也活得更好了。而再过些时日回老家来,应该又是别一番景象吧?

邂逅瑶里

如果你留心，生活还是有颇多意趣的。比如我原本计划好去看景德镇，中途听说市区60公里下有个瑶里古镇，比城区有趣，于是我放弃市区，到瑶里住了一晚。这就是自驾的优势吧。而有话道"赶得早不如赶得巧"，我则庆幸"赶得巧不如赶得早"。这个我以前闻所未闻的镇子，竟是景德镇陶瓷的发祥地，远在唐代就有生产陶瓷的作坊，向有"瓷之源、茶之乡、林之海"之誉。关键是，她因为是省级自然保护区而尚未遭遇大开发。镇上虽已有不少农宿、酒家和游人攒动，毕竟不似那些个开发过度而尽被商店蚕食的名镇，几乎看不到一户居民，人人举着相机或手机，镜头里却尽是哄哄来去的游人脑袋，让人兴味索然。

欧阳修说"环滁皆山也"。其实滁州并不多山，瑶里才是"环瑶皆山也"。而那山皆青、皆幽，还深、还奇。更妙的是山水丰沛，一条相当宽阔而清澈见底、一川乱石横陈的山水穿镇而过。水上有供人歇脚的古廊桥，宽有三四米，飞檐翘角、条椅齐备；不远处还有座宽约1米、长逾20米的松木栈桥，行人来去，要小心跨过那条懒洋洋趴伏桥中的大狗。两道桥横跨两岸，把无数老屋新居串连在一起。而好看最是那些"惯看秋月春风"而冠盖云集的古樟和三角枫，掩映着逐水而建的石蹬、石座、石阶和在水边浣洗衣物的乡民。远远看去，瑶里宛如一位长发飘飘的美少女，头枕青山，足抵绿水，明晃晃的阳光在她身上写满了清丽、曼妙等让你感同身受的美好词藻。

  我到新鲜地方，总喜欢晚上也出去逛逛，领略下当地夜色。毕竟瑶里已是景区，夜来一点也不像想象中那么黑暗。沿途屋顶、树木、廊桥和古道都被灯饰装点出别一种风韵。9点多了，仍有几对外来的情侣在小酒馆前品啜啤酒，时不时仰头指点树梢外的繁星，喁喁私语。轻风则送来廊桥上的嬉笑，这里显然是乡民们的沙龙。老少男女十来个人，还聚在一起，摇着扇子，嗑着瓜子，议着年成。居然还有人提及北京三里屯如何热闹，或许他有过北漂经历？而今资讯发达，流动自如，人们不管在城市还是在乡村，多半眼界并不狭隘呢。

  "你站在桥上看风景，看风景人在楼上看你。"那么，风景里的物呢？那山、那水、那鸡、那鸭、那井、那花，还有那栉风沐雨许多个世纪的石壁木屋，它们也在看我吗？人们热衷于寻乡问土，多为慰藉心底的乡愁。而乡愁似乎是时空变移的产物，那它们心中也有乡愁吗？它们也想到山外去看看吗？它们不言。然这并不代表它们没有心声、没有思想。或许它们正在心里笑我："子非鱼，焉知鱼之乐？"

我坐在人家门前的条凳上，还想询问那曲折蜿蜒、被世代乡民踏得油光的麻石村路。村路仍然不言。好在身旁老树向我微笑，脚畔流水则细声劝我：你之前已有无数人问过无数问题，你之后，还会有无数人问无数问题。一个时代有一个时代的美，一种形态有一种形态的美。一个人眼里有一个人爱的美，多问何益？而真正的美其实是不须言说，也没有言辞可以表达的，你只需用心感受，尽情品咂就是……

谁在牵我衣襟

一

天越发热了。九龙口,则越发绿了。

风好像喝醉了,懒洋洋地晃悠。蜜蜂吃力地嗡嗡着沾满花粉的翅膀,还有那红的黄的粉的蝴蝶,出没于粉嘟嘟的花蕊间;密如蛛网的沟渠河荡,时而蹦蹿的游鱼,在艳阳下噼啪闪亮。

那么迷宫般的芦荡呢?

青纱帐般摇曳在风中。

"南方的甘蔗林呵,北方的青纱帐"——如果郭小川来到建湖,想必也会深情吟咏九龙口的芦荡吧?我想是的。当侵略者铁蹄践踏神州之时,任何一株植物,都会成为战士的屏障和杀敌的刀枪。这是侵略者必败的根源之一。而当斯时,这里高深而遍布的芦苇,确也曾如蔗林和青纱帐一样,挺身而出,成为坚持敌后游击战的天然屏障。

眼下正是仲夏。想那仲春时节，四野还镶聚着浓郁而娇黄的菜花。那初生新苇"蒹葭苍苍，在水一方"的胜境，当是别具一番诗情画意吧？远眺近抚，徜徉其中，不亦乐乎！此正所谓"水光潋滟晴方好，山色空蒙雨亦奇"。自然而富于生机的九龙口，无论春花秋月，都各具风姿，"淡妆浓抹总相宜"呢！

而深入苇荡，你所感受到的，还远不止它的妩媚。那些看起来总是在风中东倒西伏的芦苇，其生命力之强悍是远超出人想象的。当年我被下放太湖之滨，曾见过冬天割过的残苇，尖茬锐如利剑。而每一株苇秆下面，都牵缠着深不可测的顽根。你可以将主茎砍去或折断，却休想轻易扯断它的根系。况且你砍得越干净，越彻底，甚至放一把野火烧成灰烬，只要来年春风一吹，它反而蹿得越欢、越猛！至于在风中飘摇无定，则恰是芦苇的慧黠之处。它简直像个哲学家一样，明白以柔克刚、以智性与群体的力量来图存的辩证法。所以当狂风大作之时，孤傲的大树或轰然倒塌，柔弱的芦苇却依旧盎然。

我愿是大树，但许多时候，却不妨试着做一株芦苇。何况，我们本就是帕斯卡尔笔下那"会思想的芦苇"。

二

远远地，犹觉有万千小小手，在牵我衣襟。

是那总在摇曳的苇叶吗？

芦苇因其旺盛的生命力，几乎到处都有。水里生，旱地长，天涯何处无芦苇？然曾几何时，华夏大地上，很少再见到九龙口般的湿地，和这般广袤而丰茂的苇荡了。无怪建湖人为之倾心、为之自豪，称之为"上帝赐予的最后一块蛋糕"，为之投入百倍的呵护。

片片苇叶也都有情。它们的回报无言却实在。风一样漫卷于碧水之畔的苇荡，日夜散溢着特有的馨香，并与那总有几分淡淡腥息的水气，长久地氤氲在游子的心田。这清淡的水腥，不外乎鱼肥虾繁和植物丰饶的结果，亦是负氧离子富集的证明。

而那看不见的水下，盘根错节的发达根系，呼吸、耕耘，每时每刻都在净化着水质。据说，10万亩苇荡对水的净化能力，就相当于每天处理5万吨污水的大型水处理工厂！

无疑，苇荡还是动物的天堂。那些随处可见的白鹭、珍稀而美丽的"震旦鸦雀"，还有上百种我们叫不出名也无须叫出名来的各种禽类，它们无忧无虑，它们自由自在。它们的合唱，端的就是苇荡的性灵！倍令我感到亲切的，还有那随处可见的麻鸭。它们成群结队地嬉戏、漫游，或悠闲地振翅欢叫，或欢快地扎下水中。我不禁想起，儿时家养的鸭子，每见我便亲昵地啄我裤管，乞讨我四处捡拾的蜗牛。哪比这饵料丰富的苇荡，天然地福佑着它们的年华。

乘小船徜徉苇荡，你还能意外获得心深处渴慕的那份"宁静"。当然，不是那种一息不闻而反足以瘆人的静。那不是静，那应该叫作死气沉沉。这里有的，是那种绝无市嚣亦远离人喧车哗的静，更是那种王籍所谓的"蝉噪林逾静，鸟鸣山更幽"的"静"。对于厌烦于尘世纷扰又越益难以听到纯正的自然之音如我之人来说，这份可遇不可求、形而上的"静"，实在难得。

苇荡深处的神韵，不仅在于清风簌簌的舞步、百鸟啁啾的合唱，更有那百般虫吟、万般草长的激情宣泄或缠绵呢喃。那唧唧虫吟之无主题变奏，原是最宜人遐想的。你若谛听，入神时甚至令心潮起伏。

不禁想到，曾有一说是："秀才不出门，能知天下事。"此言不无道理，多少也透出秀才们的矜夸与浅薄。尽管，而今已是电子信息时代，然"纸上得来终觉浅"，毕竟，在纸上演绎不了整个天下。何况，"不是我不明白，这世界变化快"呀。

如果我不曾出门，又怎会邂逅九龙口？又怎能如此真切地感悟到什么是大自然，什么是原生态？虽然无论你知道不知道，千百万年来，它就在那里了。

显然，欲知天下事，不仅要"读万卷书"，更得"行万里路"，这样才来得可靠。其实，人生而在世，想活出点意义或生出点价值来，就得追求点什么。要追求自然就得"行"，就得"走"，此可谓人生一大特征。至于行走的哲学，台湾诗人楚戈说得绝妙而透辟："人以双足行走，蛇以身体行走，花以开谢行走……生以死行走，有以无行走，动以静行走，诗以文字行走，行走以行走行走！"

那么，古老而年轻的九龙口，是在以其独特的生态和丰厚的人文积淀"行走"，而日新月异的建湖，又何尝不在以九龙口"行走"？

锚　地

　　老天显然情绪不佳，一上午都在洋洋洒洒。雨丝用大网遮盖了江上的一切，两岸上百艘大大小小的货轮，几十架高高低低的吊机，包括岸上绵延茂密的树林，都逆来顺受地静默着，几乎没一丝声息。这里的江面委实是太宽阔了，又值汛期，水势暴涨。举目四望，简直怀疑自己置身于浩渺的大湖。所以虽然风很小，那江水暗自得意地腾跃，仍然把我们的小交通艇撼摇得晃荡、震颤，让我的心也难以安生地起伏。"汛太猛，已经停止一切作业两天了。"船东的话又让我一惊。怪不得周遭这般安静。这未免有点出乎意料呢。

　　数月前我在泰兴偶遇船东小王。听说他有条专在长江上跑运输的万吨货轮，脑中一下子冒出八十年代前的新华社"喜讯"，庆贺"我国又一条万吨远洋巨轮建成下水"。不承想眼前这个1981年出生的小伙子，居然就拥有一条排水量达1.3万吨的货轮。而且据他说，光他老家的一个村子，现在就有300多条这样的万吨甚至数万吨"巨轮"！不禁喟叹自己太落伍，而世事也委实太像魔方了！

于是便有了今天的锚地之行。锚地相当广阔，位于高港江边，是长江下游众多货轮理想的货物集散地。只是距泰兴城有点远，开车要40多分钟才到江边。然后还要搭乘小艇在江上颠簸20分钟方能上那货轮——这也是我未曾预想到的。原来这江上世界并非想象中那般浪漫。好在这里和陆上并无二致，自有一套系统围绕着那些大船讨生活：电话召唤的出租艇就是，还有那些卖小百货的、卖瓜果蔬菜的、卖刚在江上捕捞的野生水鲜的小船。小王中午款待我们的就有刚从渔民手上买的江鲈和200多元一斤的野生鳗鱼……这就是市场先生的高妙吧，它那只看不见的手比千手观音还有魔力，所指之处，复杂而庞大的社会井井有条，什么样的事情都有人在做，什么样的生活都有人在过。而那万吨货轮虽不像想象的雄伟，却也煞是壮观。130米长、20米宽的大铁家伙，操纵它的仅仅三四个人。货舱中万吨砂石浑如一座峰峦起伏的小山，船桥则高如楼房。实际上它就是一座浮动的别墅。楼上楼下好几层，卧房客厅厨卫都又大又宽敞，造船时便同时装潢一新，吊灯、彩电、冰箱、沙发一应俱全。最能体现这些常年漂泊人家特殊情怀的是船尾的花架：玫瑰、茉莉、细竹、三角梅和多肉，花花绿绿一大片。我不禁暗忖，倘若要我来过这种交通不便、多少有些与世隔绝的生活，行吗？虽有疑虑，最终我觉得我行。这世上什么生活都是人过出来的。而强大的适应力，是人进化至今最基本的禀赋。只要你有心，任何形态的生活都有其美妙、独到之处。至于漂泊，那地球本身就是"坐地日行八万里"的超级巨轮；至于寂寞，便是在貌似繁华的都市，我们的生活再热闹，最基本的形态，还不是每天归宿到一个个高楼中那远没有这般宽敞的"舱房"里，各过各的小日子吗？

月亮在我们头上

月亮不在我们头上了——这个念头是我在锚地货轮上过夜时冒出来的。

霎时,我恍若又躺在许多年前那黑暗的舱底里——那时我被下放在太湖中的西山矿上。日子闭塞而紧张,工作不久的我突然被一个叫中秋的日子击中,突如其来地想着,一定要在当夜赶回家去,却没能搭上客轮。幸好有老乡指点,我找到一支当夜发船的运煤船队,一艘艘驳船问去。想是那日子特殊吧,第二艘的船主没听完我搭船的央求就点了头,我兴奋地踡缩在逼窄的底舱,身上开始一阵阵痒痒,那是臭虫在庆幸它意外的大餐。另一个未曾料到的体验是,因为仅贴着一层木质船板,哗哗涛声仿佛就在脑袋里流过,吵得我无法入眠。索性顶开小舱盖透透气。天!突如其来的一轮满月,丰盈、澄澈,水晶般宁静而安详地悬在当空。迷蒙清晖如雾似露,漾满空旷寂寥、水波闪烁的太湖,拭净我孤苦烦闷的胸臆。她仿佛特意来提醒我,不独节日,任何时候,我们生来就不孤独,生来就与月亮有缘。虽然孤身一人的我,没有月饼,也没有美酒,甚至连一口清茶也没有,而且事实上也已误了与父母家人团聚的良辰,但即便此时船往回开,我已无大遗憾。"但愿人长久,千里共婵娟",这个至少在中秋夜必定会想起的老话,和那轮独特、明亮而凄美的中秋夜月,给我的暗示和慰藉已如此丰满。

多年以后,我在几千里外的阿佤山上,又一次感到了"遥知兄弟登高处,插遍茱萸少一人"的惆怅,是神秘和温馨的月亮又一次抚慰了我的心灵。海拔很高的阿佤山上,看起来分外大而分外红亮的圆月仿佛伸手可揽,不,她其实就和我一起手挽手,围着哔卜爆响的篝火,与满天亮得格外迷人的星辰,与热情好客的佤族兄弟欢舞、打歌,与四海亲朋神交、聚会……

然而每当其时,我也常会凝望青天,别有一番怅惘。儿时纳凉夜夜相望的明月,几时开始,从我们视野和孩子们的生活里淡出了呢?除了诗人和学生"矫情"的作文,我们几已忘却这一轮慰藉和寄托过代代先人无尽情思的存在。仿佛她已不在头上,或只是清贫年代或寂寞情怀之所需。我们的双眼几乎每时每刻盯着手机,难得或许也懒得抬头望望夜空。视野似已为眼皮下的炫目灯波和种种利禄所凝固,我们的心志因此而容易疲惫苍老、狭隘冷漠了吗?我们的居住方式、生活节奏、追求目标乃至宣泄方式似乎已将古老的月亮放逐到苍凉的僻野。月亮也不再注视我们,我们也不再需要她那份几乎已变得有几分落寞的幽情了吗?

幸而,构成我们生命的一个个平常而复杂的日子,形态再怎么变化,其本质还是一样的。总有那么一些时刻,突然使我们感到了某种神秘与特殊。总有那么一些聪明的老祖宗发明的日子，如春节，如中秋，尽管也已随时尚的变迁而变得远不如从前那么让我们在意，毕竟还是会让潜抑在我们心底的古老原欲幡然一动，让我们下意识地"举头望明月，低头思故乡"，让我们若有所思地感叹"忽见陌头杨柳色，悔教夫婿觅封侯"——奔忙之外利禄之外纷争无聊倦庸之外，还有许多如月亮一样平常却永恒、美好、不可变易的东西，原是心灵的归宿和人生的根本所在。

觅封侯也罢，觅利禄觅学业也罢，从来都不是人生的过失，那也是我们生活的基本因子，因而绝不需要为之而悔。问题是，这一切的根本指向，原是我们不知不觉间模糊了的家、亲情、爱、理想或信仰这些平常却千古不易的概念呀。

和人类共存亡的月亮，从来不曾也不可能离弃我们。寄托过人类最美好情感的月光，仍将镀亮人类的无穷世纪。我们淡忘或失落了的，让我们自己找它回来。奔忙追逐或烦闷迷茫之余，让我们尽可能地抬一抬头，坐一坐定，梳一梳情思，校一校人生的方位，请回我们其实是不可须臾或缺的"月亮"吧。

南通的几个特色词

一、狼山

远远地,心就静了下来。

是那种"结庐在人境,而无车马喧"的"静"。周遭的嘈杂依旧。鸟在鸣,车在响,江涛在喧哗,善男信女在络绎不绝地上上下下——静的是我的心灵。而心灵避离了尘俗,自然便幽静而远邈。

更似那种"近乡情更怯"的游子,突然看见倚门相望的老母亲,心里一下子松弛下来,仿佛有了着落,有了依附,有了心灵寄托的"静"与欢喜。

因为我面对的,不仅是峻拔挺秀、山水相依、风光秀丽、有"天然水石盆景""江海第一山"等美誉的狼山,还有狼山顶上的广教寺与那熠熠闪光的支云塔。广教寺是国务院确定的汉族地区佛教全国重点寺院,故而狼山一向被称为中国佛教"八小名山"之一。虽然我并不信佛，但许多信众一下车就遥遥地向着山顶合掌致礼，一面急急地拾级而上，一面又满心虔诚地诉说着"狼山大圣，照远又照近"的心得，我的心恰也于无形中得着了归宿一般，得着了欣然与安慰。

广教禅寺始建于唐总章二年（669年），距今已有1300余年的历史。她的一大特色即一般中国寺庙鲜少单独供奉大势至菩萨，因此其作为大势至菩萨的道场尤其难得。同时，广教寺还供奉着东南亚地区唯一一位穿龙袍的菩萨——唐朝高僧僧伽、唐中宗尊其为国师的大圣菩萨。

相传大圣菩萨是观音菩萨的化身，以慈悲为怀救苦救难而深入人心，故而民间有"大圣菩萨有求必应，先照远后照近"的说法。传说当时狼山被白狼精占据，大圣菩萨僧伽与白狼精斗法，以一袭袈裟遮遍全山降伏恶狼，白狼只得让出此山。从此这里香火兴起，成为佛教乐土。

而大势至菩萨摩诃萨也甚了得。她是西方极乐世界无上尊佛阿弥陀佛的右胁侍者，故与阿弥陀佛及阿弥陀佛的左胁侍者观世音菩萨共同尊称为"西方三圣"。据《观无量寿经》，大势至菩萨以独特的智能之光遍照世间众生，使众生能解脱血光刀兵之灾，得无上之力量，威势自在。因此，大势至菩萨被认为是光明智慧第一菩萨，所到之处天地震动，保护众生，免受邪魔所害……

不过，作为一介俗人，我更欣赏狼山的自然风情。狼山上花木茂密，一派青葱，又因其多见裸岩，石色又多为紫色，故而又称"紫琅"。我最爱站在山顶观江台前，极目远眺大江东去。

晨光中缕缕彩雾在山水之间萦绕升腾，结队的鸥鸟回翔在远去的帆影之间。而眼前那一派穷天极地，真是一望无垠呢。勾魂摄魄中，我恍如面对着当年的孔子，指着时光的长河。淡淡的流逝如斯的失落感中，又让人在意欲加快脚步之时，情不自禁地驻足聆听那江上的风吟，时而令人振奋，时而又觉有呜咽之声幽幽传来，如怨如慕，如泣如诉。这极富人情、极具表现力的声音，不禁令我又一次默诵起陶渊明的名篇：

> 结庐在人境，而无车马喧。
> 问君何能尔？心远地自偏。
> 采菊东篱下，悠然见南山。
> 山气日夕佳，飞鸟相与还。
> 此中有真意，欲辨已忘言。

二、啬园

啬园，是全国重点文物保护单位、张謇先生寝陵及其家族飨堂（祠堂）所在地，因张謇字季直、号啬庵而得名。

原以为会看到一个精巧的小园子，再没想到南通还有这么一派幽深雅致、极富原生态意趣的好去处！

建于 1924 年的啬园，广逾 900 多亩，且花木森森，鸟唱啾啾，水气熏然，扑面便觉一股股清凉浓郁的森林气息，让我以为入了桃源。最令人惊叹的是其中的珍贵树种，比如罕见的、张謇特别钟爱的百年璎珞柏,果然是针叶纷披,状若璎珞,且多达上百棵。而珍品龙柏亦有几十棵,且棵棵高大、粗壮,英气逼人。园中还有张謇当年手植的百年紫藤和广玉兰、珙桐、日本柳杉、红豆杉、柞针、杜仲等珍稀树种140多种,总数竟达万余株。难怪啬园作为南通规模最大的植物观赏园,是空气质量最好、负离子含量最高的生态园林,素有"城市氧吧"之称。

张謇无疑是南通的骄傲。作为一生躬奉"父实业、母教育"理想并"强毅力行"一生的晚清著名状元,张謇曾被毛泽东评为中国近代轻工业的先驱巨匠。他的功业,从啬园内的一副柱联上就可见一斑,它是由通大教授徐乃为先生题写的:"啬予己丰予世避趋义利德才堪配双元誉,园营邑林营山经略乡邦名实允称第一城。"高度概括了自甲午战争后这位状元、翰林学士一门心思在长江入海口的南通等地兴实业、办学校的煌煌行迹。

只有到了南通,一般人才可能真正明白张謇对南通具有何等意义,真正理解张謇的影响有多深,其现实意义又有多大。可能再没有什么地方对待自己的历史文化名人能如南通人对张謇那样崇敬、膜拜、引以为豪甚至奉若神明。无论在机关还是在院校,在企业还是在乡村,所到之处,几乎言必称颂张謇,且常能看到张謇的铜像或纪念馆、陈列室、生平遗迹。毫无疑问,这首先因为张謇就是南通人。其次,即其根本的原因还在于,张謇的精神理念和煌煌一生的核心价值观绝非高蹈于虚空的玄思怪想,而是可触可摸可效可行的实学。因而不仅在当时,在今天乃至后世,也不失其现实意义。

在近代中国史上,有许多知名人物生前便和一个地名连在一起，康有为被叫作康南海，李鸿章被叫作李合肥，梁启超叫梁新会，张謇的老师翁同龢叫翁常熟，而张謇叫张南通。据了解，在这些人当中，真正与自己故乡关系密切、在故乡开创了惊世功业惠及后人的只有状元实业家张謇一人。而南通人对张謇的崇拜之情绝非仅发乎于言表或招摇为幌子，实乃已烙印于心而疾力于行——今日南通之教育和实业等累累硕果便是明证。想张謇地下有知，亦当为自己能有而今这班出息的后辈而掀髯开怀于九泉呢。

到南通不游啬园，乃是憾事！

三、五山

在我的采访本上，我现场记下了这样几句话：

> 太阳每天都是新的。
> 历史每天都在老去。
> 唯有自然无始无终，每时每刻都在雕塑沧桑，酿造奇观。

神奇而浪漫的五山景区，乃是大自然鬼斧神工与人力之完美结合。

到过南通的人，不上或不知道狼山的，恐怕没有，但知道五山的，恐怕就不太多了。实际上，狼山，如今已是一个国家4A级风景名胜度假区的总概念。作为江苏省著名风景区之一，由狼山、马鞍山、黄泥山、剑山和军山组成，这五座小山包以狼山居中，呈弧形展开并紧紧依偎着秀美的长江，山与山彼此也相距不远，故统称五山。

狼山海拔约106.94米，为五山之首，也最为峻秀挺拔且文物古迹众多。其他四山则如众星拱月，相依相望。而漫步江边，远远望去，更让人想起韩愈的名句："江作青罗带，山如碧玉簪。"风急浪高之际，则又如碧莲五朵，浮漾于波涛之上，蔚为大观。无怪当年王安石游五山后，也发出"遨游半在江湖里，始觉今朝眼界开"的赞叹。只是，如果王安石等古人能看到改革开放之今天，五山下新建的园博园和滨江公园，更不知会作何感想了。

南通园艺博览园占地48.5公顷，展示了南通山水兼备、通江达海的地域特色，巧妙应合了园林艺术追求的神韵风采，同时反映了园艺博览园独特优越的区位特点。如果谁想呼吸大自然的清新空气，我想对他说：就到这里来逛逛吧！园内香樟、含笑、桂花、栀子、蜡梅、木香、薄荷等百余种芳香植物，营造的不仅是四季芳香的环境，更是令人心旷神怡的好氛围。

沿着波光廊，去能环顾博览园山水全景最佳视角的观演台看看，也颇有意思。开阔的水面将黄泥山、马鞍山及狼山的支云塔倒映其中，如梦似幻。观演台的阶梯上还镶嵌了3棵特殊的"树"，这是以高科技手段设计的"科技树"，白天能为游客遮阴纳凉，晚上则是一片火树银花。而在迎江广场上，还可以同时看到大江侧畔那峻秀的五山，所以这里可谓五山聚首的地方。

五山之中有三座山建有寺庙。狼山之外，军山供奉着观音菩萨,剑山供奉着文殊菩萨。五座山呈半圆形环抱着迎江广场,南面又是滚滚长江,所以导游不无自得地强调:"这正应了佛家对于风水宝地的定义:'前有照,后有靠,左右有抱,出门见水。'故而南通这五座山虽然都不高,却真可谓'山不在高,有仙则名'。五山又简称'狼马剑军黄',道家讲'金木水火土,五行俱全',民间讲'福禄寿喜财,应有尽有',所以南通的百姓有句俗话:'东西南北中,发财到南通。'整个迎江广场布局吸取天地之精华、日月之灵气,形成了南通的风水门户,已经成为南通特有的景观,民间谓之'山海拥金莲,乾坤落天柱'。各位来宾一定要在这个风水宝地许个愿,接受观音菩萨的点点甘露,吸取文殊菩萨的智慧,接受大势至菩萨的普照和大圣菩萨的灵气,把福气带回家,把财气带回家!"

是吗?我呵呵一笑,心里却是暖的。

其实,南通的美不是单一的,五山的成名也不是偶然的。整个南通和五山给我印象最深之处,还在于她的地域特色是如此鲜明而众多,这本身就是一个很有意思的景观。而游人也好,信众也罢,人们和五山在空间上虽有距离,心理上实乃互动的一体。而五山及其特有的山水文化,正是富蕴并激活我们情感的载体和象征,一个古老与现实交织、传统与革新相融的鲜活标本。

曲曲弯弯长又长

这"曲曲弯弯"的，是一条曾经风光现在却像个落寞老者、被时光弃于荒草荆榛中的青石山道。

人们现在称它为"九华古道"，但自明清以降的数百年间，它可是一条必不可少的交通官道，巨蟒般蜿蜒起伏于群山、绿林之间，全长数百里。其路面全都由石板或石块铺就，宽约2米。每隔一段距离，还建有凉亭，供来往行人歇脚、避雨。明清时期，当地及泾县周边人到青阳县九华山一带经商拜佛、走亲访友，靠的主要是这条路。据说到上世纪六七十年代，这条古道仍是泾县乡民到县城的要道。后来嘛，随着水泥、沥青的省道、国道四通八达，古道便逃不脱人老珠黄的命运了。但恰恰是它大起大落的兴衰史，触动了我心中的软处。而生活，也在此又一次显出她的丰富博大与不可测的特性。此行我原是到泾县小岭村古檀山庄来休闲的。这地方山峦叠嶂，溪水淙淙，满耳都是水之潺潺与鸟之啾啾。小岭还是国宝宣纸的发祥地。从古到今，村人几乎家家造纸。我随口问了声，这处处是山的，那么多宣纸，从前是怎么运输的呢？于是便听到了九华古道之说。

进山探路之日，隔夜暴雨，日来雨消风歇，空气湿润清凉。处处来水的山涧便分外欢势，哗啦哗啦地追了我们一路。皖南的山包座座青幽，古道则依坡傍岭，出没于林间。毕竟已乏人问津，路上石块布满苔藓，光滑圆润。感觉它就像条长长磁带，记录着沧桑岁月和先人的故事情怀。尤觉惹眼的是，道上道下，山间岭中，触目尽是勉力向上的林木，浓密的枝叶遮蔽头顶的天空。攀至岭上，眼前又豁然开朗。满目青山，满耳鸟唱。那茂密的青翠呵，是想将这漫长而苍老的古道掩映，不让它再被现世的喧嚣打扰吧？或曰：这里像佛界一样纯净呢。没有金钱计较，没有饮食男女的欲望，没有名大名小的在乎，有的只是对大自然固有的一切的感恩……说的是好，但未免过于浪漫。普天之下，古今中外，何曾有过一块纯粹的净土？便是这漫漫古道，便有几多坎坷、几多崎岖！我赤手空拳走着尚气喘吁吁，当年的开山筑路者，要付出多少苦力与汗血？而那些贩夫走卒或村人香客，又有几个能心纯虑净，而非"世人熙熙，皆为利来，世人攘攘，皆为利往"？当然，辛苦营利，并不为过，且主观是为自己，客观便为了他人。此乃人生本质、社会特性，若再遵纪守法，便为上人……

作为宣纸故里，小岭山间，最多见的是丛丛青檀。此树是宣纸的主要原料，绿叶纷披，高大细长。小岭一带气候温和，雨量充沛，喀斯特山地也适合青檀生长，故其宣纸制作技艺，已于2006年被列入中国首批非物质文化遗产名录。最值得叹赏的是青檀树。它一俟成熟便会被伐枝剥皮、打碎制浆,可它却无怨无艾,3年后又是新枝满树,再次供人取用——要我看,这盘旋蜿蜒努力延展的,岂止是一条曾经的古道及漫山遍谷忍辱负重的青檀,它更是一部人类文明的发育史:虽苔痕斑斑,起伏跌宕,却不事张扬,曲曲弯弯长又长……

这个"村庄"不一般

弯弯曲曲，曲曲弯弯。皖南的山道多是这般，宛如长缨，串连一座又一座青翠峻秀的山包，又将我引向大别山中那久慕的地方：霍山县东西溪乡——"中国·月亮湾作家村"。说真的我一路都在嘀咕：这个作家村名头不小，但在这山深林密之处，能有多大气象？不料现实却让我叹为观止。首先其可谓气势非凡，广袤的田园、曲桥，花红柳绿、古树葱茏之间，矗立着好些幢高大轩昂而外观朴素庄重的建筑，分别为淮河书院、枕溪山房、溪园广场、印象居、驻村作家工作室。它们的外墙全系青砖扁砌，沧桑而古朴。内里却是一派熠熠生辉的现代格局，空间宏大而精美，布局新颖而别致。其间藏书竟有好几万册。走进淮河书院，一眼看见一座十几米高月牙形的书架，书架正面王蒙题写的"月亮湾作家村"在巨型吊灯的映照下，光芒闪耀。其他随处皆是的书架上，高低大小各不同的矩形方格，凸显着文学的包容性和多样性。远至北京的王蒙、铁凝、徐贵祥和湖北湖南的刘醒龙、谭谈，近至江苏和安徽本省的毕飞宇、周梅森、叶兆言、许辉等，数十位名家造访的雅照点缀其间，似乎在和你娓娓切磋写作之甘苦。

原来，这作家村有个得天独厚的优势：这里是早年的三线军工厂旧址。曾几何时的机声隆隆、枪炮轰鸣，已被时间淹没。唯余幢幢厂房落寞于荒草之中。安徽省作协主席许辉来此采风，深为叹惋，在他的倡议下，当地政府筹巨资以化废墟为神奇，令老厂房旧貌换新颜，方有今天这集"吃、住、游、乐、购"为一体的作家村。尤令我欣慰的是，作家村不仅成为当地"文化扶贫"、推进乡村振兴之地，更在于她可于潜移默化间，向当地乡亲和四方游客传播文学精神。毋庸讳言，当今传统的文学蒙受着网络手机等新媒体的严峻挑战，但文学之树毕竟常青。变易的只是形式，其精神内核仍呈现丰富多彩的姿容。而作家村这种形式和氛围，正合众多作家的理想。古如陶渊明的"采菊东篱下，悠然见南山"，今如王小波憧憬的："文学之路是这样的，它在两条竹篱笆之中。篱笆上开满了紫色的牵牛花，在每个花蕊上，都落了一只蓝蜻蜓"。而夜来我徜徉在作家村多情的灯火中，眼前又浮现安徒生的"光荣的荆棘路"。他说人文的事业，就是一片着火的荆棘，智者仁人就在火里走着。我仿佛看到：月亮湾作家村，就是重燃在大山深处的一个火塘，张扬着文学的不朽。期待其迸溅的点滴火种，能助力文学生命再度燎原。

姑苏见

"君到姑苏见，人家尽枕河。"

杜荀鹤这两句唐诗，曾多么形象地概括了苏州的风貌啊。然则日月经天，沧海桑田。而今再回苏州，即与我儿时所见相比，苏州人家已多半不再枕河。曾经的河畔人家，或迁入高楼林立的小区，或已枕着灯红酒绿的商铺入眠，或则开着私家车穿梭在车水马龙的通衢大道——当年老杜深情吟咏的"夜市卖菱藕，春船载绮罗。遥知未眠月，乡思在渔歌"之意境，看来已消逝在历史的烟波里了。

这也难怪，年轮在转，世事在变。而全国都在变，富甲天下的苏州更不可能不变。不过，有天我偶然拐入光怪陆离的大街背后，恍然又生出种穿越的感觉，眼前的一切竟浑似儿时光景。原来苏州仍有着这么多、这么长，九曲回肠、迷宫般的深巷在呢。依然是巷里有坊、坊中有里，你似乎永远也走不到尽头。就连窄窄的一个门廊中，也深不可测地藏着许多人家。有些石库门里，楼上楼下晾满衣衫，巴掌大的天井里，塞满杂物。而贯穿这些小巷的，仍是那曲曲弯弯细细长长的小河！虽然河上已不见一叶扁舟，河水也失却往日的清冽，但小河两岸的人家，依然"尽枕河"。而那一座又一座翘首相望的小石桥，几乎还是旧日模样。坐在石桥栏上一望，两岸挤挤挨挨的房屋，依旧坡顶小瓦、木格窗扇，只是相形那些新小区，倍觉低矮陈旧。但家家屋后那悬空条石砌成的亲水台阶，虽已无人浣洗，但与皎月下的垂柳依然相映成趣，令我怦然心动。

说到月色，千百年来，她曾窥见这"尽枕河"的人家中多少悲欢离合、几多起承转合呵！那么，她可知小巷中人，眼下又作何感想？

沉吟间，友人开口了："真好呵！这地方比陈陈相因的大街有味道多了！"确实，仅从游人的审美或怀旧而言，这里真是别有韵味。但对于长居之人，也会为之陶醉吗？别的不说，住在这肠道般扭曲狭窄的巷子，你的呼吸都仿佛会艰涩一些。许多拥挤逼仄的旧屋里，有的连电视、冰箱都难有落脚之地。我对友人说："虽然你觉得美，可是你愿意住到这里来吗？"他立刻摇头摆手，反问我："你呢？你也不会愿意呀。"

人，甚至社会，有时真是很自私呢。一方面，我们追求创新，永远揣着无数梦想。另一方面，我们又那么恋旧，一步三回首，希望留住一切旧梦，或永远活在历史的美感中——当然，这是指别人。自己则住高楼、开豪车，远远地玩味着一切旨趣。

说到豪车，我恍然意识到，怪不得苏州街上电动车多如过江之鲫，它们多半出自这些"尽枕河"的人家吧？住在这疑似被现代文明遗忘的小巷落里,你再有钱,也无从开车呢。而再留心一听,那些来来去去的小巷居民,已多半是外乡口音。那些个"土著"的苏州人,显然都更愿意迁到高楼大厦上,去回眸那"人家尽枕河"的美景去了。

当然,我毫无嘲讽他们之意。毕竟,谁会愿意自己的生活落伍呢?同时我也相信,现代文明不会永远遗忘这些深巷。传统之美终有与现代之美和谐相融的机遇在的。

小巷深处

"苏州,这古老的城市,现在是睡熟了。她安静地躺在运河的怀抱里,像银色河床中的一朵睡莲。那不大明亮的街灯,照着秋风中的白杨,婆娑的树影在石子马路上舞动,使街道也布满了朦胧的睡意。城市的东北角,在深邃而铺着石板的小巷里,有间屋子还亮着灯……"

这是陆文夫在其名作《小巷深处》的开场白。之所以想起这段话,是因为我现下也在苏州,在那不大明亮的街灯下,漫步在"深邃而铺着石板的小巷里"。只是,时近晚上9点,许多地方如城东南的吴衙场、叶家弄一带的小巷,确很安静,也很美。小河拱桥,路灯幽幽,沿河铺展开去的也多为改建过的一幢幢漂亮的公寓楼,掩映在"婆娑的树影"中。只是当我步入南石皮弄这一带九曲回肠似的弯弯小巷时,发现这里的巷子深则深矣,却毫无睡意,也远非"有间屋子",而是几乎间间屋子都亮着灯。屋里大多是外地来做玉石加工生意的商户,其中有很多高鼻深目的新疆人，不少人还埋头于小机床前琢磨玉石。使我惊讶的是，这密集的商户租住的房子，还多为我儿时的模样，巷道逼窄，有的仅容一人通过。房屋狭小，有的仅有几平方米，且家家都挤满人和杂物，转个身都不易。房型则多是几十年前甚至可能还有民国时的两层矮楼，风味倒是相当独特。小瓦翘檐、木格子花窗或老虎天窗随处可见，只是多已老旧，泥墙斑驳，令人联想起鸽子笼。这样的地方很适于我这样重回故里者或游客怀旧、叹古或照相，住人则怎么也算不上合宜了。不禁暗自诧异：贵为"天堂"、富甲天下的苏州，经过几十年的改革发展，大拆大建，居然还有这样大片的"贫民区"存焉？冬天还好，到了夏天，住这里怕要中暑呢。何况，住此地者再有钱也没法提升生活质量。如开车，曲巷幽径中，自行车都难过，遑论汽车？好在，一个本地人小店主期盼地告诉我："再熬熬吧，早晚总要拆迁的……"是呵，房价腾贵之今日，拆迁可谓是大多数老百姓的迫切愿望。但从传统或文化保护的角度想，这样的拆迁多少有点让我遗憾，恐怕也会让许多文化人难以接受吧？然再想想，传承与发展历来矛盾，且从历史来看，这些老城区的风格，也是不断变迁、演化而来，汉是汉模样，唐是唐光景，并没有一个固定不变的"传统"或文化胶着在。而那些蜗居在此地的人，显然无不"穷"则思变，那些疾呼保护者流，包括我，恐怕也没一个住在或愿意长住这种小巷了吧……

再说那么些外乡人吧，他们究竟缘何来到此地，又打算居留多久？或是真像毛姆说过的："有时候一个人偶然到了一个地方，会神秘地感觉到这正是自己的栖身之所，是他一直要寻找的家园。于是他就在这些从未寓目的景物里,从不相识的人群中定居下来,倒好像这里的一切都是他从小熟稔的一样。他在这里终于找到了宁静。"

真是这样的吗?

横　街

每回故乡，我总要到葑门外的横街去逛逛。在我心目中，这是苏州最有特色、最有趣味的一条街，也是我最有感情的地方。少时我住在附近的百步街8号，50年前的门廊、院落居然还一如既往，回想那时我天天会到横街来买菜。多少年过去了，多少地方拆没了，这儿居然还这么"原生态"，这事实本身就让人由衷地赞叹"民生"的强悍。

这份强悍，首先就体现在横街那越发蓬勃的生机上。离着它还老远，它就像巷里那多如牛毛的摊档和声嘶力竭的叫卖声般，蹦着跳着吆着喊着直往你怀里钻了。自卖自夸的、挑肥拣瘦的、死缠活磨的，从早到晚，经年累月，几乎就没个消停。还有那远比一般集市更浓郁的、混沌而怪怪的气息，鲜腐杂陈，腥香并具，熏得你走出老远，襟上还散着淡淡余味。也难怪，山上采的、水里捞的、田里收的、树上摘的，五花八门的鲜菜陈果、山珍海味，还有那么多眼睛滴溜溜乱转的人头儿，全挤到一块儿来了。更别说还有那么些杀鸡剖鱼的、剔骨剁肉的,支起铁锅熬麻油、炸鸡腿、氽鱼丸子的,卖臭豆腐、梅花糕和阳春面的铺子,这一"锅"开的,谁还能形容得了是个什么味儿呀!

"民以食为天。"我爱上横街看看,就为这里强烈体现着这一哲学。何况,在灰扑扑闹哄哄竞争感剧烈的都市里,能看到这么多鲜嫩、水灵、红黄绿白又富含乡野气息的新鲜菜果,怎么着也是种感官的享受和精神的放松呀!菜市还是最具本真意义的"生活"标本。人与人的关系、买与卖的目的都简明而实际、质朴而透明,赤裸得似那满地乱堆的瓜菜,无须雕饰也无法矫情。即便是尔虞我诈,红颈粗嗓,来去的也只是三两五钱,伤不了多大和气。菜市也是窥探国民经济最生动的窗口,鲜与陈,早市与收摊,那价格有时竟差一大块。讨价还价的学问,虽只涉蝇利,那份认真及心战技巧甚至哲学,委实不小。

横街是条东西向的狭长小巷,宽处不满10米,窄处不过5米,长得却像条被人扯出去好几里的肠子。里边相对相挨的全是日用品、蔬果店和五花八门的菜摊子,高峰时人流几乎摩肩接踵、水泄不通。而这上面居然还居住着密集的人家。真不知他们是怎么出入的。我还常见有人骑着电瓶车在人潮中攒挤。巷两旁的房屋多是类似明清建筑的老楼,青砖小瓦、木格子矮窗,而且"人家尽枕河",后门一层层石阶,通向宽宽的市河。是人都习见不惊,还是城管"法外开恩"?反正这条供需两旺的"肠道",就这么一年年地长生下来。不管什么原因,我由衷地为它的存在和管理者而点赞——如果机械地禁绝它,未必办不到也绝对有理由。然眼前这般情景虽然会让环境难堪,可人们在皱眉的同时,却又以强大的需求给它注入顽强的生命力。因而这类菜市仿佛都生就副随遇而安又放浪不羁的脾性,只要人多的地方,任什么偏街窄巷它都能红红火火地生存。那么何妨换个角度看,某种紊乱未必不也是一种美。某种无序,或许正是一种特异形态的有序。实际上,它与有序原是美的两种形式而已,而且,谁又能否认这大俗而又大不整洁之地,原是我们一切大雅与大洁之所本呢?

苏州面

我爱面食，尤喜面条。它可荤可素，有汤有物，吃起来可以鲸吞，爽快利落，也宜细品，滋味浓郁。而中国是个面点尤其面条最为发达的国度，所以我走到哪儿都不会"吃亏"。各地的面条不仅风味各殊，制作方法上也五花八门，几乎一地（甚至一县一乡）有一地特色，什么担担面、刀削面、云吞面、打卤面、炸酱面、菜煮面、拉面，不一而足。不像国外，有名的似乎只有个意大利空心面。那口味欢迎者固不在少数，却恰恰是我不接受的，主要是奶酪味重。国内的面条我大都品尝过，基本都爱吃，但如同人总有什么偏好一样，口味也是有感情偏向或定势在的，故一定要分个一二三的话，我会毫不犹豫把头名投给苏州的浇头面。

我这偏好首先来自童年的烙印。上世纪六七十年代，尽管国人皆贫，苏州的早点还是较丰富的，街巷附近都有几家糕团、馄饨、面条或烧饼油条铺子。其中，面店给我的诱惑最大。因为我一度住在城东小巷百步街上。西窗临街，数步对面就是家生意兴隆的面店。每天我都在跑堂的"两两碗""一碗重青（多蒜叶）""一碗宽汤（多汤水）"之类的吆喝声中醒来，而梦中早已不知在浸透了猪油蒜香的气息中吧嗒过多少回嘴了。以至对着自家的泡饭和又粗壮又死咸的青萝卜干，总不免怏怏地怅惘。毕竟那时的家境是不允许寻常人家经常进馆子吃面的。《笑林广记》中，吝啬老头让一家子望着梁上鱼干佐餐，其实不太离谱。我就常常深嗅着窗外的面香味下饭。偶尔父亲用钢精锅装回些面条，也主要是哄几个孩子解馋的。我记不得那时吃过带浇头的面，总是一碗光面即所谓的阳春面。就这样，那份狼吞虎咽连汤也喝个精光的口感，至今记忆犹新。以至迁来南京30多年了，夜来胃里嘈杂，尽管方便面、饼干之类的点心多得是，我总会垂涎不已地叹一声：能来碗苏州面就好了。不必浇头，阳春面也就可以了。所以，我现在只要回苏州，午餐必至附近的"陆长兴"或"同德兴"吃一碗焖肉虾仁面。那焖肉可谓苏州面独家秘器，我在别处从没吃到过。看上去硬挺挺肥瘦兼备的一方白肉，一入热汤便化作酥油般绵软，那份香糯，根本不用嚼，吸溜一下就下了肚。

可见苏州面确有令人馋恋之特质，特就特在色香味俱佳。汤色清亮而分外鲜美，面条则细密绵长，软而不烂。捞在碗里也自有一份美感，起面的师傅那长竹筷一折一迭，齐整整地活像个大花结。浇头即卤菜因经济长足发展而越益丰富、花样繁多：焖肉、爆鱼、鳝糊、鸡蛋、炒肉、大排、素什锦什么的，不下一二十种，价格从6元左右到20元左右不等。还有小盅盛的嫣红的辣油,小碟装的细细的姜丝,几毛钱一份,任君取择。难怪鱼米之乡的吴地人,也都食面成风。讲究者如陆文夫的《美食家》中,朱自冶每天要赶早到"朱鸿兴"去吃头汤面。一般人,你到那些面馆看看,传统老店如"朱鸿兴""陆长兴""绿阳"之类不说,就是新兴的"东吴"之类的分号也遍布全城,几乎家家都主营面点,中午也食客盈门。我常纳闷,何以别地就少见中午也专营面点的馆子,会有这么好的生意?如果到南京开个苏州面馆,想必也生意兴隆吧?实际上早有人实践这想法,如南京珠江路和新街口甚至江宁胜太路边都曾有苏州面馆。我也专程去品尝过,局面远不似我想象的红火。江宁那家没多久就主营起快餐米饭来。他们那面条的汤卤显然也为了迎合南京人的胃口,变得偏咸偏红。此真所谓橘过淮则变枳吗?似乎是,又不完全是。面条也是种文化,而文化的形成非一朝一夕或单一原因。总有什么近乎神秘的东西在决定其兴与衰。苏州面是苏州特有的文化、风俗之产物,离了这环境或文化圈,难免就异化或式微。如同担担面在苏州形不成气候,苏州人的胃口显然也没法让别地人轻易接受。好在我们这个老大国度也理应多一些特色,就让各种食文化长期共存,相辅相成,不亦快哉?

　　至若我对苏州面的钟情,多半也因为,心底还活着份故乡情结在吧?

生命之珠

想来有些玄奥。我本苏州人,少时居处就在距渭塘不过20来公里的蔚门。50余年却阴差阳错,从没到过这个早已因"中国淡水珍珠之乡"而驰名中外的江南名镇。但命运终究还是将我牵引到这里,凭窗眺望着珍珠湖畔那串串珍珠般诱人的灯火,感觉竟熟稔而亲切,毫无陌生之感。这就是乡情吧?

适逢"雷米"台风袭境,酒店屋顶一块被撕裂的铁皮在高风中呻吟了一夜,暴雨更似万马狂奔,一昼夜竟降下百余毫米。据说镇领导都赶赴各村组织防汛去了,正所谓"闻风而动"呵。世人都道当官好,其实还得看你当的是什么官,至少,当下要当个称职的乡镇干部,尤其是渭塘这样经济总量在苏南乡镇都名列前茅的乡镇干部,其背负的压力和经受的磨砺,恐怕也只有他们"甘苦寸心知"呢。而不多日前江苏还煎熬于亢旱之中,世事和人生的变幻莫测也如此!那么,渭塘的养殖珍珠和经济会不会受到影响?

好在次晨即雨消风歇，阳光灿然了。风雨洗练的渭塘如新出的珍珠般璀璨如故。我们的"江苏作家采珠行"也得以如期进行——两个身着蓝印布衫的船娘，一个摇橹，一个俯身水面，从长绳牵扯着的网兜里摸出几个硕大的河蚌，上得岸来当场剖开，居然一个个都孕育了数枚乃至十数枚光洁圆润的珍珠。显然，这绝非短时之功，据说好珠之蚌得有数年才能长成。罗丹说："对于我们的眼睛，缺少的不是美，而是发现。"刻下我们发现的，岂不就是人见人爱的大美，而孕育它们的，却是那其貌不扬黑不溜秋的普通河蚌。生活之美，都如是吗？

赞叹声中，我不禁细细把玩手中的珍珠，暗忖人类何以会如此钟情于这小小的颗粒？而关于珍珠的形成，古来就有许多神话式的传说。东方人说珍珠是晨露掉进海上呼吸的贝中形成，西方人则说珍珠是圣母的乳汁凝结，更多传说则将珍珠与眼泪联系。古罗马人说它是爱神维纳斯的眼泪，或还是亚当和夏娃因犯"原罪"而悔恨之泪；我国古代"鲛人之泪"的传说中，珍珠就是所谓的"鲛人之泪"。《天工开物》则说"凡珍珠必产于蚌腹，月影成胎"。无疑，这看法虽富诗意，却不太靠谱，但我国是世界上利用珍珠最早的国家之一，却无可置疑。早在4000年前，《尚书·禹贡》中就有河蚌能产珠的记载，《诗经》《山海经》《周易》也都记载了有关珍珠的内容，向有"东方之美者也"之誉。国人对它的喜爱还体现在由此衍生出大量以珍珠美誉事物的成语：如用"掌上明珠"喻受宠爱的儿女或物品，用"珠联璧合"喻美好事物的相互映衬，用"珠圆玉润"喻歌声婉转优美或文笔流畅明快，用"珠光宝气"喻服饰或陈设之华美富丽。其中最接近本质的我以为还是"蚌病成珠"。珍珠,原是河蚌抵御外来物刺激之结晶,因而实在就是它的病、它的痛、它的赘疣和苦恼。可贵的是小小河蚌并未因此沉沦,而是于磨砺中努力分泌,顽韧地一天天长大,终于化病痛为神奇,变磨难为大美。更令人嘘叹的是,母蚌奉献其珍珠之日,便是她生命终止之时。因而,我们在赏玩珍珠之余,是否也应看到"蚌"的艰辛与付出呢?

其实世间的万事万物,皆有内在的因缘和相通的逻辑。人之命运也像极了河蚌。谁的生命里不充满烦恼与挫磨,甚至危难与牺牲?而凡成功者,则必如冰心所言:"成功的花,人们只惊慕她现时的明艳!然而当初她的芽儿,浸透了奋斗的泪泉,洒遍了牺牲的血雨!"

愿我也活得坚忍些,好歹也孕些个生命之珠。

西山女子

叫西山的地方很多,我说的是太湖中那唤作西山的小岛。自从它通了大桥,我每年总要驾车重游几回。许多年过去了,平时它也常会在我脑海中闪现。毕竟,我有8年多的美好青春沉浸于斯。这个方圆数十公里、只有几万人口的地方,大约是因与陆地分隔的缘故,很有一些特点。1969年我初被下放到此,这里还没有大桥,通路全靠坐船。而我甫一登岸,便有两个印象鲜活地留存心底:一是它的自然景观之美,胜似桃源。满目青山,漫山桃花,山泉淙淙,茶树丛丛,空气也香气沁人。另一个则属于人文景观了,这一点完全出乎想象。但见码头西面的采石场上,数百米很陡的坡道上,一溜烟飞奔下一辆辆满载石块的胶轮小车,推车者打着绑腿,戴着藤帽,气势如潮般叱咤而来。若不是胸前都猛烈地跳动着两砣健硕的"乳峰",真不敢相信那竟是清一色的女子!先以为这就是当时很风行的铁姑娘突击队之类,住久了才知道,这原是西山女子的家常便饭。这儿的社会分工与一湖之隔的另一个庞大的世界有着天壤之别，男女之社会角色几乎正相反。这点在采石场还分别不大，男的打眼放炮，女的推车担石。在山上、田间乃至其他一切劳务活儿上，差别就明显了。

西山女子个个都是劳碌命，哪一天不是从鸡叫做到鬼叫？细到采茶摘果、插秧施肥、养蚕喂猪、做饭带孩子，粗到挑石挖土、搬运果子、开沟犁田、贩卖花果等，别处大都属男子的活儿，这儿主要由女子干。别低估山里活计的强度，寻常如运果子，动辄十数里乱石坎坷的山道，一天里来回多趟，每趟负荷上百斤。轻巧如采茶，时令迫，心如火，每日摸黑就上山，眼如电，手如燕，一斤鲜茶数千嫩芽，全在她们手下过，半晌下来腰都直不起。所以彼时的西山少见窈窕淑女。女人和男人一般黑壮一般糙，美也美在健康上，力气却绝不比男人小，手伸出来还比男人多几个茧。

男人都干什么呢？男人在西山真有老爷感，鲜明的差别是较少挑担。春天背个榴花型桑篮，悠悠地在果园修枝剪杈；有水田地方夏天帮女人插插秧；秋天也登场打打稻；冬天则窝屋里玩儿几把牌，或蹲在太阳下讲点儿故事。当然还做些炒茶、开拖拉机、盖房等所谓技术活儿，相对女人他们实在算得上优哉游哉。吸烟时（工间休息），他们或打闹玩笑，或斗嘴打赌。女人可不舍得那光阴，她们得拿出鞋底来赶紧扎几针，或背上草筐四处扯猪草，总之绝不会有安安逸逸坐那儿"吸烟"的时刻。

有句著名的豫剧唱道："谁说女子不如男？"在西山恐怕得说谁说男儿不如女。有意味的是这句话一向被我们当作妇女解放的一大标志，男人能做到的妇女同样能做到，如是便是解放。我总觉得是个误区。男女在生理和心理上天生有别、永远有别，干吗要让女人如男？如何让女人更女人，男人更男人，彼此在政治、经济和社会分工上享有同等权益，这才是真正的地位平等。简单地以抹杀男女间某种固有差别来标示平等，可能导致荒谬。西山的妇女不仅如男，而且胜男，恰恰是她们地位太不平等的结果。当然，这都是多年前的老印象了。但愿如今的西山女子美丽而窈窕，不再那么苦。

东河行吟

东河现为苏州西山镇的所在地。30多年前我在那里待过多年,而今重游,无论我如何寻觅,还是很难找回往日的记忆了。那逼仄破旧的镇街,已被许多井字形排列的新建筑取代。狭窄的土路变成宽坦而标准的公路。昔日藏于深闺无人识的金庭山色,因太湖大桥的通车而崭露头角。过去不可思议的大酒店、超市、歌舞厅也应运而生,林林总总竟有几十家。过去清一色灰扑扑地瑟缩于山脚下的毛石民居,竟也一变为鳞次栉比的新楼,其中还有那么多红红绿绿半中半欧的别墅式建筑,高高低低喜不自胜地散落于绿树青山之间。徜徉其间,我的感觉可想而知。别有一种复杂的情愫,时隐时现地盘桓于心。

变化无疑是巨大的,甚至是爆发式的。然变与不变也是相对的。新的、富丽的未必便是理想的,剧变中也有些可能是永远不会也不必大变的东西,如湖光山色,如茶园、橘林和草丛中的獐子,如静寂的夜晚,如散发着新稻香息般纯朴的乡音,都一如既往地赋予我亲切而略带酸涩的美感。某种感触,则或许来自我的怀旧心理。比如那富有历史积淀的古镇的消失,那飞檐翘角、木格纸窗的老房子的毁灭,山里采石的炮声,几乎为汽车摩托和三轮小车所取代的肩挑人扛的劳作画面,和那极富特色如榴花般小巧的农家桑篮的淡出,都不免让我有所失落。但这还是不难理解的。我所遗憾的是这样一些东西:似乎人们在求变的同时,对文化的延续、特色的保留乃至精神的建设方面,顾及得少了些。某些该留的破坏了,某些不该留的却顽强地活了下来。东河新镇就给我与别的新镇陈陈相因失却特色的遗憾。而居民的新居美则美矣,富丽的门楣上却有不少煞风景地嵌着的一面面镜子,大的竟至尺把见方,小的则品字形地一镶三面。这"照妖镜"里折射的,恰恰是富足未必能填满精神空虚的真理。禁忌源于人类对自然和人生缺憾的深层恐惧,亦可理解,但解脱的方式却未免过于原始,与现代精神的不谐也委实太尖锐。

入夜,远山被无际的黑暗融化成一线残墨,近树也无言地淡隐于霓虹的阴影中。漫游街头,恍若回到了都市的某个角落。唯有楼角那十五夜硕大而微红的圆月,引我到旧时的夜晚。那时,这里分明是蛙鼓和流萤交织的稻田呀!换了人间的梦幻感,又一次笼罩了我。遗憾的是新镇之夜煊煌却太过寂寥,不过8点多,就连偶见于舞厅前的几个穿皮裙女子的身影也无影无踪了。我并不觉得日出而作日落而息是个需要变革的传统,问题是从这头逛到那头,我耳中连续充盈着哗啦哗啦的麻将声,这就是新镇主要的文化生活吗?想起白天我几乎找不到卖报的,想起别的小镇之夜也这般岑寂凄清。麻将、纸牌或几张已不太时兴的桌球台子,再加上几间正在哼哼哈哈大打"网游"的网吧,似乎便是一些暴发起来的新镇最普遍的文化景观了。无怪富裕了的青年人仍会热切地挤向大城市去。文化的变革和建设显然不可能像经济般爆发,而从眼下来看,某些小镇的主人似乎还没意识到变化的必要。他们陶然其中,他们的下一代会不会也受此熏染而"轮回"其中呢?

幸而,朝暾初升的时候,我在车站看到那么些朝气蓬勃的中小学生,一伙伙骑着变速车,像林间的小溪般,从湿漉漉的丛林间,从如烟的雾气里流出,汇向国旗猎猎、喇叭欢喧的学校。霞光将他们的脸庞染得红扑扑的,未来像越升越高的太阳,在他们充满希望的眼前闪烁,我的心情也如被朝霞点燃一般,倏然亮丽……

退思师俭

每至同里，退思园是少不了要去看看的。而到了震泽，自然也要重阅一下师俭堂。盖因两个园宅同为吴江乃至苏州、江南庭园建筑之翘楚。退思园更是一众江南古镇中，唯一入选联合国"世界文化遗产名录"的。虽则如此，在我眼里，退思园和师俭堂都是吴江、苏州的骄子，好似一对情趣相投的老哥俩。退思园"生于"1887年，师俭堂"生于"1864年。都有了一大把年纪，都有着独到的精神追求和人格定位。其筑园理念及其风格也有着明显的相类之处。都不重大而重精巧，都不尚浮丽而重格调。百多年来，老哥俩都已惯看秋月春风，也饱经了人世沧桑，却仍风华正茂、别具一格，故而都成了全国重点文物保护单位。更了不起的是，老哥俩从一开始至今，乃至可以肯定还将千秋万代地给人以无尽的启迪与警戒，这从老哥俩的名字即可看出：一名"退思"，寄寓了园主任兰生"进思尽忠，退思补过"的人文情怀；一曰"师俭"，寄托了园主徐汝福师奉萧何"后世贤，师吾俭"

之殷殷期望。这样的园名即鲜明标示出两个园宅的格调与品位。我本苏州人氏,从小对名满天下之苏州园林如数家珍。但仅就园名而言,吴江的这两个园宅,可谓别出机杼,独具哲心。这应非偶然,而是吴江特具的历史人文地理因素之必然产物。其内因究竟何在,也很值得我们玩味呢。

　　此来吴江采风,因分组原因,我未及再阅退思园。但重瞻师俭堂时,本以为多次光顾之区,没甚新意可觅了,不意刚至堂前,那"师俭"二字,却简直当头棒喝般,让我怔在当下,心头泛起许多已往不太在意的况味。想是因为不同年龄段者,对人事之观感亦会不同吧,已近七旬之我,蓦然发觉这"师俭"之义,不仅反映了堂主勤俭持家、谨慎经营的态度,还包含着更多精神层面的寄寓。而就我而言,大半生已付诸烟云。然心理上、人格上、生活习惯或观念上,经意或不经意间,却早已背荷沾染了数不清的"包袱"甚至是谬误、陋习。此时我更当师或思的,已不再是物质生活上的俭朴,而是俭约、明智、科学的生活态度和方式。年轻时过炽的七情六欲,是时候裁抑一下了;不当或有损健康的生活方式、因追名逐利形成的某些观念、习惯,亦当好好"退思"一下,好好清减一下了。要言之,即鲜衣美食已不再是我之必需,时尚流风亦不再合宜于我,升官发财之欲,则更应付之梦境了——如此这般,我才能活得单纯一些、轻松一些、现实一些,因而更健康而多寿一些。

　　其实呢,类似念想,本亦是我年轻时就隐约于心的。只不过那时心高气盛,并不太在意"师俭"之实质,故不像老来时这么"知天命"罢了。而今我再度省视人生意义,恍然又悟到一些浅显的道理：每个人在其心灵深处，最景慕的，常常不过是一小块澄澈清宁、远离尘世喧嚣的净土——他自己的"师俭堂"。

月是扬州明

离开瘦西湖风景区前夜,尽管连日采风,略觉疲劳,但游兴犹在,饭后即环着迎宾馆周边的瘦西湖畔,久久流连。此时西天已如万花筒般瞬息变幻,由红而紫,由紫而褐,仿佛是转眼间,便成了一片墨色。而星星,三三两两、群群簇簇地绽放在幽远的天幕上,闪闪烁烁,异样沉静。大地与河流,仿佛也一下子沉寂下来,依稀听得见飒飒湖风触抚树梢的声息。四周的灯火,亦如约好般一起跃出,星星点点、红蓝黄白地点染在暗红色的远方和雾霭迷离的滩地上。树林、花草,红红绿绿的湖畔花木,孤峰般耸峙的瘦西湖白塔,凝神静思的五亭桥,远远近近,一切都沉浸在一种诗意盎然的别样之美中。朦胧而迷离,静美而深沉。尤其是下午登临过的栖灵塔,此时遥遥耸峙着,也是通体发光,分外醒目,似在与我们作别。

一时间,心里也如有湖水流过。有点留恋,为主人的热诚、好客,更多的是感慨,为那虽短暂的时日却极丰富的见闻——许多时候真可谓由衷钦羡、叹为观止。

坦率说，起先我对来扬州采风不以为然。总觉得已来过多次，而改革开放以来，中国整体都在发生着日新月异的变化，处处都有热火朝天的高楼大厦与宝马香车。一些雷同的景观往往让人审美疲劳。下了车才知道，想象之境和亲眼目睹还是颇有差距的。扬州这座历史文化名城，绝非仅仅以经济或文化名世，其特色可谓鲜明，可圈点之处亦可谓众矣。即如久已熟稔的瘦西湖，这回也给我以常看常新的印象，不仅新辟了游船线路，新增了后园的万花园等多处景点，还从早些年单纯的仅有三点多平方公里的瘦西湖公园，扩展为包括扬州唯一的高地区域——蜀冈和另外两个乡，成而为大至33平方公里的集旅游管理、行政和经济管理于一体的区级"蜀冈—瘦西湖风景名胜区"……

徜徉中，忽然若有所失地想起，如此清新的夜晚，满世界雾一般魅人的清波流动，怎么就没有看见天上的月亮呢？要知道，扬州可是素有"月亮之城"美名的呵？

未等我举头，便已经明白了。粼粼的流波中，通明的二十四桥下，不是分明晃动着一轮近乎饱满的新月吗？这么说，是我先前忽略了她的存在。这么一想，又抬起头来，我现时的角度刚好能看见"游"出树梢的圆月，皎洁而澄澈，轻灵而神秘，不禁油然叹了一声"月是扬州明"呵。

这么说，当然有感情色彩在，但也并非我一己的夸张。扬州"月亮之城"的美誉，乃是有着现实的地缘优势在的。虽然都知道月亮只有一个，因而全球共此月，但欣赏的角度、地势不同，月亮之美也是有着微妙的差异的，何况扬州海拔低而河湖水泊众,因而便好似有"许多月亮"而随处见月了。再者,扬州月亮的"美",也更多地取决于观赏者的审美个性。这儿的月夜就是这般撩人诗情,这儿的月亮就是这般令人心驰神往。这,是有着数千年来众多的文人骚客的诗赋之佐证的:比如徐凝那脍炙人口的"天下三分明月夜,二分无赖是扬州",比如那人所共知的"二十四桥明月夜,玉人何处教吹箫",比如那张祜的"十里长街市井连,月明桥上看神仙",比如那秦观的"晓阴无赖似穷秋"……根本上,扬州之所以成为举世无双、人所共美的"扬州",固然有其特有的历史人文为基础,同时也离不开从古到今几乎与2500岁的扬州共生共长的文化渊源的相辅相成,即:诗文因扬州而兴起,扬州因诗文而更美。所谓"唐宋元明清,从古看到今"。凡来过扬州的人恐怕都会有这么个深刻的印象,即无论是在何朝何代,亦无论是在瘦西湖还是在平山堂或任何地方,人们看到的,总是一道道诱人遐思、美不胜收的月色之景。人们言及风情与景致,亦不免随口涉及历史上与扬州有缘的众多名家、诗人甚至皇帝(如六下江南的乾隆皇帝,次次要到扬州)的种种轶闻趣事。他时不论,他人不说,单以诗词高峰期的唐代而言,至少有158名诗人"骑鹤下扬州",写下了——应该是尽管历尽时间风烟的淘洗,仍然留下了——吟咏扬州的诗篇多达435篇。那么,这些诗人都有哪些呢?呵呵,提起这些光彩熠熠的名字,足以让你肃然起敬——骆宾王、李颀、王昌龄、孟浩然、崔颢、李白、高适、韦应物、顾况、戴叔伦、王建、刘禹锡、白居易、张祜、姚合、李商隐、杜牧、温庭筠、杜荀鹤、罗隐、韦庄……

这是扬州大学李坦先生主编的《扬州历代诗词》的记录，当然，这435篇，恐怕还是并不完全的统计数据。

尤让我深感不虚此行的是，我还意外地得知，曾被闻一多先生誉为"诗中的诗，顶峰上的顶峰"的《春江花月夜》，这首1000多年来始终脍炙人口、令无数读者为之倾倒的名篇之作者，唐代大诗人张若虚，原来就是地道的扬州人。怪不得呢，扬州既有瘦西湖和大运河月韵之熏陶，亦因紧靠长江北畔而得以随时沐浴到江风明月，不然，张若虚如何会对春江明月有如此深切的感情与体悟？

《春江花月夜》的艺术成就不必我说了。但凡是个读过点文字的人，就不会不喜爱这首"孤篇横绝""孤篇盖全唐"的千古名作。遗憾的是，不知何故，张若虚这位才情横溢、哲思雄豪的杰出诗人，其诗作仅仅流存了两首于《全唐诗》中。史料上关于他的介绍也很少，只知他曾任兖州兵曹，生卒年、字号均不详。然而实际上，唐中宗神龙年代，他便已驰名于京都，与贺知章、张旭、包融并称"吴中四士"。所幸，而今其诗虽只传下两首，但"山不在高，有仙则灵"，文不在多，有魂则名。作为诗人，仅凭一首《春江花月夜》，张若虚也足以"竟为大家"、万古流芳了。而扬州，亦足以因张若虚而荣、而美、而傲立千秋了。当然，张若虚如地下有灵，当也会为今日扬州之经济文化齐头并进、日新月异的辉煌成就而笑傲九泉。

遐思间，我已顺着暗香浮动的湖边小道跨上了五亭桥顶。正值夏夜，在远处的灯火、星月和环湖繁灯的辉映下，泛着橙红光波的瘦西湖水，正如其千百年来一样，悠然而若有所思地流向苍茫的花月深处。其若有情,对今日之湖畔新貌,会作何感想呢?还有那阅尽万古的明月,她又会作何感想?举头再望,眼前的漫天银晖更清楚地昭示着,今夜晴空万里,皓月当空。只是这湖畔景致,恐怕与千余年前张若虚流连于大江之畔和瘦西湖边时望月兴叹的情形,有了天差地别吧?

可想而知。

好在某些本质的东西是不会为时间所销蚀的,今人的基本情怀与古人亦不会有太大差异。因此,张若虚的绵绵情思早已视通八极、思接千载、穿越时空而道出了今人的感喟——

> ……江天一色无纤尘,皎皎空中孤月轮。
> 江畔何人初见月,江月何年初照人。
> 人生代代无穷已,江月年年望相似。
> 不知江月待何人,但见长江送流水……
> 斜月沉沉藏海雾,碣石潇湘无限路。
> 不知乘月几人归,落月摇情满江树。

禅房花木深

蜀冈之上,阳光真好。在她温情的照抚下,坡下那宽敞的林荫大道叶片明艳,两边绿化带的红花檵木彩霞般燃向天际。天际,是古老而宽展的大运河,荧闪闪而不舍昼夜地流向远方。大河两岸,新麦金黄。连绵的梭鱼草在河边紫了一路。恍惚中,仿佛看见沾满花粉的蜜蜂在吃力地哼哼着,赞美新夏的到来。

平山堂广为人知。大明寺禅声远扬。

而星云大师,则几乎是尽人皆知的佛家宗长。只是,知道他是扬州人且为扬州做出了巨大而实际的贡献者,恐怕就不太多了。我也是有机会到平山堂采风,才知道,为回报故乡,作为台湾著名佛教圣地佛光山的开山宗长、"人间佛教"先行者的星云大师,不辞高龄,亲赴扬州,参加了 2003 年 10 月在大明寺举行的鉴真东渡成功 1250 周年纪念大会。星云大师面对千年前矢志传播佛法和文化的先贤,发心要在扬州捐资建设一座图书馆,并把这座泽惠十方的图书馆命名为"鉴真图书馆"。

图书馆由佛光山捐资5000万元兴建，全部工程也都由佛光山负责实施。经过两年经营，一座恢弘庄严的扬州最大仿唐四合院建筑——鉴真图书馆，终于在蜀冈中峰大明寺之北落成。

图书馆的建筑面积有1.6万多平方米。主体是四坡顶主殿，厢房围其四周，采用中国传统的四合院结构，与大明寺藏经楼、平山堂、栖灵塔、佛学院相望相应、文脉融通，成为我国佛教界特色建筑之一。

图书馆里，回廊曲折，屋宇参差，庭院开阔，檐角舒放。主体建筑共3层：底层为半地下庭园，主要有书库和远程教学中心、文印中心；二层为书刊借阅处，阅览室可容纳200名读者，另有4个小型讨论室；三层为"扬州讲坛"报告厅，有905个座位，空调和声光设备齐全。特别值得一提的是，作为国内最高层次的文化大讲坛，"扬州讲坛"面向全社会，每月开讲两次，所讲内容多与中国传统文化及扬州经济文化相关，主讲者多为星云大师直接邀请，遍及中国文化界的名家名嘴，并几乎囊括了央视"百家讲坛"的所有讲主。

不过，作为匆匆的过客，我最感兴趣的是，在鉴真图书馆，我难得地有了个一窥禅堂内幕且亲身体验修禅文化的宝贵机会。

鉴真图书馆的主持人是执行长妙圆法师和办公室主任妙普法师。两位法师都是尼姑，都受星云大师之命，来自台湾。待人接物、举手投足间都流露着佛界人士和台湾人特有的谦和、睿智、谨严、敬业的精神品格。进入禅堂之后，妙普法师亲自为我们一行作家讲授并演示禅宗"静虑思绪""调身、调息、调心"的修习办法。

真是不做不知道，一做方感叹：原来这世间万事都有个共通的道理，即不下苦功，难得真经。已往我总觉得不如意事常八九，烦恼甚了甚至会发一声狠，所谓今朝在世不如意，明日削发出家去。因为在世人的想象中，总不免看人挑担不吃力，觉得当个远离尘世之和尚，烦恼便可如头发般一削尽净，镇日里暮鼓晨钟、诵经打坐，何等轻松而洒脱。却也没想到，做僧人也是要有身心两方面的真功夫的。即如那看上去简单舒适的打坐吧，我们这些凡夫俗子才端坐几分钟，便头昏腿麻，浑身不自在起来。为此，妙普法师教我们先学调身，以松筋活络，却没想到还没蹲下，身子已向边上倒去，两条腿呢，硬如木杆，怎么也屈不到位。至于调息，妙普法师仅要求我们数息到10，我就怎么也数不完。调心就更别谈了，没有极强的意志力，没有虔诚的向佛心，别说调整心态了，"微目"不一会儿，我就已昏昏欲睡或身摇心乱了……

不由得想起史上一位有源禅师的话来。他曾回答求禅者如何是道的问题说："饥来吃饭，困来即眠。"听起来是简单得令人茫然。然而当问者追问道："一切人总如是，同师用功否？"有源禅师却很干脆地说："不同。他吃饭时不肯吃饭，百种须索；睡时不肯睡，千般计较。所以不同也。"问者闻此，哑然杜口。

是呀，想吃就吃，想睡就睡，想干什么就干什么，这样的日子谁不会过？用得着禅师们餐风沐露苦苦修持吗？如果大家都这么过，高明的禅师们，和普通人又有什么区别呢？

区别还真不小呢！正如有源禅师所言：我吃饭就是吃饭，睡觉就是睡觉，心思单纯而明确，你却该吃饭时两眼白瞪，该睡觉时辗转反侧，该静修时心乱神摇，平日里则不下苦功，只知道千方百计、思前虑后，索讨个没够，搜求个没完。这区别还小吗？

问题就在这里了。这"禅"者，无疑是为人之至境，但却是说起来清汤寡水，修起来麻烦透顶，着实得有番不平常的身、心功夫垫底才行呢！而一般红尘中人，凡夫俗胎的，镇日在功名利禄里滚，夜夜在柴米油盐里泡，每天睁开眼睛，涌上心来的，件件都是庸常事，可哪一件让我们少操心，哪一件轻易放得下呢？即使你努力放下了，可刚端起饭碗来，却又听说邻居炒股赚了两个汽车轮子，你那饭吃起来还香吗？晚上你很想睡个好觉，可单位里评级的事又冒了出来，据说还可能有人要下岗，我的天，难道你那双眼皮还合得上吗？

就因为这个，禅宗才特别强调"平常心是道"吧？

而实践起来，就连简单平常的"打坐"，也不容易坚持呢！

看来这"平常心"，实质可并不那么平常。有点像我们的某些理想呀道德呀主义呀什么的，说来容易做来难。

不过，话也得说回来，世上许多道理就是这样，难归难，矛盾归矛盾，却不等于不是个好道理。相反，正因为是个好道理，才会难，才会有矛盾。要不然我们的禅师们还用得着抛弃红尘，冥思面壁吗？至于我们老百姓，晓得点好道理也总不是坏事，能"平常"一分是一分，也就是了不起的"平常心"喽！

不二之州

其实，无论是为文还是言说，我向来不喜欢使用"缘分"这词，不仅因为它透着一股子浓浓的宿命论意味，更在于这个原本十分精妙的好词，早已被世人说得太滥而用得太烂了。两个人偶然在一起喝了顿酒，也要大喊大叫"缘分呵"——写文章的人，如果也把这种熟词滥调（还有能量、给力之类）挂在嘴上，想写出有个性的文章来，恐怕不易。

不过，说到常州，我思来想去，还是决定先说上一句：我和常州是有"缘分"的。

一个最基本的事实摆在那里，我原本就是出生在常州的人哪，而且，还在戚墅堰生活了6年才随家迁至苏州——虽是山东人，父母因随军渡江，第一站就留在了武进某局。虽然在这年龄段我还不太记事，但人生有几个6年？况且我此生最初的历史都烙在了常州，没多少记忆，也一定有着可能还是决定性的感情胚芽在吧？

一点不假。有天我就曾做过这样一个梦：一个天朗气清的早晨，我站在小方桌上，扒着矮窗向外张望。附近有个厂子。一个穿着背带工装的叔叔好像是去上班。他左手托着什么，边走边吃从窗前经过。看见我他吹了声清亮的口哨，笑眯眯地问我在看什么。我因惧生而不敢出声，这位叔叔呵呵一笑，竟趋近小窗，拉过我的手让我摊开，把左手的小食倒在我掌心中，挥挥手走了——醒来后我肯定地忆起，这是我生命中经历过的一件真事，就发生在我五六岁时的戚墅堰。那位工人叔叔给我吃的是什么我想不起来了，但那份略带着他体温和淡淡机油味的温情，至今犹在心中。而我对人性中善与美的追慕，和后来对常州的某种特别的好感，抑或就发轫于彼时吧？

好多年之后，即1980年后，我从苏州调往《雨花》，至今已成了南京人。但因父母在苏州，我经常要往还这两地间。火车经过常州时，我常会下意识地对亲友说上一句："我是好算作常州人的……"

后来，我作为《雨花》分管苏南片的编辑，发现常州沙漠子的小说出手不凡而不乏先锋意识，于是特地前往拜访，并为他发了组作品小辑。很快，我便又发现，常州这个号称有3200年文字记载史，素有"千载读书地""文人甲天下"之誉的地方，果然是"文章锦绣之地"，当代亦不断涌现着一茬茬富于文学才华的年轻人。作为一个"生于常州"之人，我时有自豪之感。一度相当频繁地去常州组稿。很快与黄羊、沙滩、陆涛声、李怀中、冯光辉、袁梅及后起之秀赵波、周洁茹等许多作家成了好友。对了，算上所辖区县的话，常州还有葛安荣、赵善坚等一大批出色的文友在。

除此之外，常州值得称道的地方还多得是。仅仅文化、旅游胜地，只怕我舌干笔秃也无以细述。比如我去过数次的春秋淹城、中华恐龙园、瞿秋白纪念馆等，都给我留下了难忘的印象。不过，其中最可圈点之处，在我看来则非天宁寺莫属。这当然首先在于天宁寺那"东南第一丛林"之盛名。1000多年来，天宁寺以其悠久的历史、造型别具的佛像以及累累的佛学硕果，吸引着千千万万的海内外游客。据说，世界第一高佛塔天宁宝塔，亦创造了多项佛教界的全国第一，如第一金顶玉身、第一铭文铜瓦、第一高钟、第一经文碑林等等，足令任何信徒和非信徒敬仰而膜拜。

但就我个人而言，天宁寺最令我叹为观止的，是她的精神深度。此生我虽不算遍访名山，但大庙大寺也参谒过不少了。唯独是在天宁寺，我颇有些意外地看到了这样一块牌匾："不二法门"。

睹此，我对天宁寺的敬意，顿时又升华了许多。

"不二法门"作为一个词语，几乎尽人皆知，但却极少在庄重场合出现，而且，日常应用中也多半是被误用了。许多人望文生义，将其简单理解为"没有第二个途径""必由之路"或"没有别的办法"之类。实际上，它是老子哲学也是佛学中一个极为深刻而精确、极富辩证法的真理，独到而深邃。

所谓"不二法门"，大意是说，这是自然、历史、社会发展规律及事物的本来面目。比如你竖起一只手，左边的人看到的是手掌，右边的人看到的是手背，从表象上来说，都没错，但你能说这是两只手吗？再如，你站在那里，前面的人见到你的脸，后面的见到的则是后脑袋。你能说这是两个人吗？所以，世间一切人、一切事物、一切概念，看起来都是两样或多样的，如红与黑、是与非、阴与阳、动与静、天与地等等，但究其实质，却都是"不二"的。比如人，看起来有好人有坏人，有黑人有白人，但根本还是一个个的"人"、一类类的"人"，是"不二"的。

从这个意义上看，世间万物和人间社会，细想想，还真都是"不二"的。就如常州这个城市，你要评价她，或论她的特点、优长，无论从哪个角度，人文历史、经济成就、风物特产、人情世故，都足够你说上三天三夜的。而无论她有多么美好，多么辉煌，多么让人流连不舍，终究也有她的不尽如人意处，甚至是阴暗面。而这样全面地看待她，实际上不仅是一种客观的态度，更是一种乐观的希望所在，因为这意味着常州是丰富的、博大的、变化的，更是富于不断进步和改善、发展的空间的。

不过，这么说可能有点绕口，所以我更愿意简明地说一句：常州在我眼中是"不二"的。

再简明点，如斯常州，在我心目中的印象，就仨字：好地方！

贤哉"三刘"

历史悠久之地,必有众星璀璨的人文名流。

江阴自不例外,这座已逾2600年历史的古城,向有"泰伯化育之邦""季子躬耕之邑""英才荟萃之地"的美誉。仅宋至清,就出过文武进士400多名。史上先后名世的社会贤达、文化名士难以计数。早有春秋之际的季子,中有明清年间的徐霞客,近有清末民初的缪荃孙等,都是名扬四海、脍炙人口的杰出人物。而最引发我兴趣的,则是难能可贵的一门三杰、亦称"江阴三刘"的刘天华、刘半农、刘北茂三兄弟。

流连于三兄弟纪念馆,仰慕之情如沧海浮云。古朴的庭院、繁茂的花木、清逸的流香、丰富的展品和绕梁不绝的二胡名曲,更是深慰我心,尤其是一曲《良宵》,勾回我多少少年梦景……

中学时我迷过二胡,可惜才赋不逮而仅学熟入门曲《良宵》,但此曲与刘天华《病中吟》《空山鸟语》等不朽名曲却至今令我沉醉甚而潸然泣下。刘天华是我国著名民族音乐家,也是二胡学派创始人。他一生最大的贡献就是把"不登大雅之堂"的二胡从民间推向世界,建立了一个新型学派。他是我国第一个沿用西方五线谱记录整理民间音乐、大胆借鉴西乐、使二胡表现力达到前所未有境地的一代宗师。

刘北茂也是我国现代著名的音乐教育家、作曲家,是刘天华事业的忠实继承者和发展者。除在中央音乐学院等院校任过教授外,他还创作过100多首二胡独奏曲。至于刘半农,则更是我这个文学中人熟悉而敬仰的人物了。作为新文化运动的一位"斗士"和"闯将",他在担任《新青年》杂志编辑时,发表了《我之文学改良观》《诗与小说精神上之革新》等震惊文坛的进步论著。他还开创了我国白话诗的先河,仅此即足名垂千古。著名文学史家司马长风评同为白话诗开创者的胡适"缺乏诗情,根本不是一个诗人",却称刘半农"诗才出众","品来品去,还是刘半农较有才气。他几乎完全用口语写诗,而能写出一种自然朴素的美"。刘半农还是我国摄影理论和语言学的奠基人。区别女性的"她"字,就是他的创造。他的"中国第一首白话情诗"——《教我如何不想她》,也曾令我钦赏:

> 天上飘着些微云,地上吹着些微风。
> 啊,微风吹动了我的头发,教我如何不想她?
> 月光恋爱着海洋,海洋恋爱着月光。
> 啊,这般蜜也似的银夜,教我如何不想她?……

步出纪念馆,忽有隔世之感。眼前高楼幢幢,车水马龙淹没了先前的一切。我如梦方醒,这已是市场经济的年代了!文学失宠,艺术商化。刘氏三兄弟如在,当会作何感想?

我想,他们也会与我一样欢歌经济之腾飞,却也绝不会"下海"弄潮。他们明白自己事业的真正价值。高楼可朽,人生如露,而文艺之树永世常青!

壮哉,"八十一日"

阳光真好,在她温情的照抚下,宽敞的林荫大道叶片明艳。城中则别是一番景象。林立的高楼巨厦通体光鲜,如同高山大峡在拱卫着光怪陆离的大街。红黄蓝白黑,各色各款的车辆竞相往来,汇成一条蔚为壮观的波流。店招、广告、橱窗竞芳斗艳,洋溢着蓬勃生机。名为县级市,实际上江阴的气象和繁华度,早已是丝毫不逊于大中城市了。最动人的当数那些爱美的姑娘,哪管它初春的天气乍暖还寒,早早地穿上了漂亮的丝袜和短裙,而那些流连街头还紧盯着手机的红男绿女"低头族"们,虽则让人为他们捏把汗,但他们显然是没有顾忌的。因为他们相信,自己是在一个安全而和平的环境之中。

没错,现在的江阴是十分安全、和平、繁荣昌盛而前景无限美好的。而我,无论如何左顾右盼,也压根儿看不到一丝一毫旧城的光景。更别说那呛人的硝烟和血火的厮杀、雷电的震荡和战马的悲鸣了。我不禁有些恍兮惚兮:方今斯世,别说外地人,便是眼前这熙熙攘攘的人潮中,恐怕也没有几个还如我一样,知晓或关心那些浩渺的江阴史事吧?更不会清楚,这座繁华发达的江畔古城,曾经过几度烽火、几回浩劫甚至是气壮山河的死而复生吧?

每回到江阴来,我都会油然浮起敬慕之情。油然忆起那其实还并不算太久远的慷慨悲歌——

1645年,距今不过才360多年,而彼时的江阴古城,无论经济规模还是城防能力,与今日都远不可同日而语。而就是这样一个并不起眼的弹丸之地,在大半土地相继沦陷甚至望风披靡、不战而降的背景下,却面对着强横的异族侵略者的剃发令和滚滚铁骑,高举起手中的矛戈、锄耙,骄傲而不屈地喊出了震天动地的"不"!全城10余万兵民同仇敌忾,异口同声地宣誓:"城存我存,城亡我亡!"

口号毕竟是口号,实际究竟如何?

实际就是,弹丸小城,多数平民,10余万人在小小文官江阴典史阎应元和陈明遇、冯厚敦等人的率领下,与数万(一说20万)清军精锐,浴血奋战长达81天之久,在史册上留下号称"江阴八十一日"的光辉篇章:击毙清军数万人、亲王3名、大将18名!

最终,清军从江宁等地抽调来200多门红衣大炮和数万增兵,才将弹尽粮绝的江阴城撕开一条口子。抗敌兵民"犹无一人降者",竭力巷战,直到最后一个捐躯的战士!阎应元血战时身中数箭,下马投河,被清军抢起,牵到军帅之前,他犹骂不绝口,遂被杀死。陈明遇则举家自焚。满城男妇,几乎无一幸免。

清军又大肆屠城，将城内外居民一一屠尽，以至血流成河，尸积如山。共计城内死难9.7万余名，城外死难7.5万余名。后来确认，整个江阴城几乎土崩，幸存之遗民，仅得区区53人，因避于寺观塔上方幸免于难。

不屈不挠之城，悲壮大义之城！江阴，是清军入关以来与扬州、嘉定一样慷慨赴死、名震千秋的英雄之城！

后世史乘对江阴的评价是："有明之季，士林无羞恶之心。居高官，享重名者，以蒙面乞降为得意。而封疆大帅，无不反戈内向。独陈、阎二典史乃于一城见义。向使守京口如是，则江南不至拱手献人矣。"

"有礼仪之大，故称夏，有服章之美，谓之华。"华夏大地有"宁为玉碎不为瓦全"、在反侵略史上留下光彩夺目之"八十一日"的江阴，不亦幸甚！

360多年后的今天，我已经无法确知当年血战之际和城破之后，誓死不屈的人们之真实想法了。是绝望？是悲愤？是视死如归还是心怀不甘？可能兼而有之吧。但是我能确知的是，他们，包括首领阎应元，会有一种共同的基本心态，即：坦然与自信。坚信自己的死，是有价值的，是死得其所的。

这份气节，从阎应元的绝笔联中，便可清楚窥得——

　　　　八十日带发效忠，表太祖十七朝人物。
　　　　十万人同心死义，留大明三百里江山。

话说玉祁

中国有多少乡镇？我不清楚。我到过多少乡镇？年代久远，也记不全了。但有些地方，比如无锡的玉祁镇，去过一回却很难忘怀。因为时光虽然无情，但那些伴随着某种感情或特殊印痕的记忆，是它所难以淘洗的。

玉祁在沪宁高速有个出口，这条热门线路上的过往者，对她多少都会有个印象，但这不是我对玉祁印象深刻或有某种感情的主因。我对玉祁的感情可以追溯到20年前——1998年我国遭受特大洪灾之际，省作协派出两批作家到一线采访，我作为苏南片成员，第二站就到了玉祁。那感觉，可真是"一片汪洋都不见"。大片良田淹没了，许多地方的路面几乎与水面齐平。许多新兴的乡镇企业的厂房、车间如鼋背沉浮于混浊的水上。我们穿着渔翁的橡皮裤，蹚着齐胸深的水吃力地爬上一片高地，陪同的一位年长的镇领导（可惜我没记住他名字）指着远处突击加固的一处堤圩，颇文言地说过的一句话，至今犹在耳畔："亏它力保不失，否则，玉祁人或为鱼鳖！"

而今，当我有机会再次踏上玉祁大地时，印象最深的首先还是水——然而那却是怎样一片令人心旷神怡的水呵！虽然早就知道，洪灾再大，不可能扭转玉祁的发展轨迹，但玉祁的新貌仍让我有些吃惊。就连眼前的流水，也完全改了脾性。它们"温驯"而清冽，静静淌过高大伟岸的唐平湖拱桥，环绕着烟笼雾罩的丛丛垂柳，柔柔地漫入花荫绿地。水边有许多亲水平台，更有座座古色古香的大小拱桥。远远望去，如诗如画，亦梦亦幻。镇长告诉我们，这一片300多亩的水域上，很快将新建多达70座桥梁，成为一座江南小桥流水的博物馆！而整个唐平湖区域，将以她独特的地域、环境优势，集聚的人气效应，逐步发展成为玉祁新的政治、经济、文化、商贸中心。

而现在的玉祁，早已是"原生型"经济总量超过数百亿元的赫赫重镇！

经济腾飞无疑是令人振奋的，但更令我欣赏的，还是玉祁宣传册上的那两句话："经历沧海桑田，依旧不变的是那雍容的文化肌理。"因为，发展、腾飞，在当下中国尤其是苏南大地上，早已是一种常态。而玉祁这座有着1100多年历史的古镇，所能赋予我们心灵的洗礼和感喟，显然是远不止这些的。沧海桑田也罢，洪水地震也罢，甚至更多的天灾人祸，想必其都不止经过一番轮回和历练了。其依然能保有颠扑不灭、生生不息而最终欣欣向荣的强大生命力，根源无疑很多，如当今改革开放政策和玉祁人勤奋向上、坚强不屈的精神本质等等，但那渗透于玉祁人心和玉祁大地每一根毛细血管的"雍容的文化肌理"，亦即优良的文化传统,亦当是根本内因之一。

　　触发并支撑我这种感想的,正是与唐平湖一水之隔的礼舍老街。因为相距很近吧,从生机盎然的唐平湖来到古风蔚然的礼舍村里,我的第一印象就恍如穿越时空,有一种异样的亲切感和沧桑感。新与旧、传统与现实,就这般水乳交融而"不二"地统一于玉祁的时空中。

　　礼舍村也有800多年历史了。街上现有的建筑,据说最早的可追溯到明代,但看上去多的还是近现代的旧建筑。许多地方正在修葺,所谓修旧如旧。但建筑有多古老,在我看来并不紧要,令我肃然起敬的是,小小一个礼舍村,居然有着一大批保存很好或修葺一新的历史文化名人——如薛暮桥、孙冶方、薛明剑、薛佛影等——故居纪念馆。这本身就体现出玉祁人对历史、人文和传统的一种尊崇。想来正是这份令人敬重的"尊崇",才能孵化出礼舍当年乃至今日人才辈出的辉煌吧?这些足令玉祁人骄傲的历史文化名人本身,如其中的孙冶方、薛暮桥,他们的理论造诣曾经深刻影响甚至左右过一代中国的经济走向和命脉,虽然以今视之,其理论显然有着需要完善、升华甚至革新的必要,但玉祁人并未以此论英雄,而是给予他们充分的敬重,这体现出的就是一种源远流长的对文化及优良传统的尊崇。假如薛、孙二位九泉有知,念此当会有感欣慰,但想必也不会惊讶,毕竟他们就是玉祁传统文明长河里的一个重要波段,对故乡的人文精神应该是再了解并自信不过的。

　　名人故居旁边有一个新修的古戏台,据说是从其他地方移建的,现在成了礼舍人自娱自乐的好去处,到了晚上时常会有戏班子来唱戏。如果在春末夏初的季节,轻摇蒲扇在老街戏台下听戏纳凉,倒也别有情趣。老街上还有一些即将修缮的名人故居,虽说破败,却能看出旧时的气派来,石库门、方砖楼、花墙、雕梁,别具一格。探访老街,吸引人的除了老建筑,还有就是它依旧保留着的古朴的生活气息。如我在杂货铺里看到的芭蕉扇和民房里生柴火的大灶台,都令我恍若回到童年。不禁想起一个企业家朋友说过的话来,他说:"现在我出则名车,住则别墅,可夜里做的梦,却几乎都是在小时候住过的老房子里的一切。"——此言初听有趣,细想却意味深长。至少可见,无论社会如何发展变化,发展中人的血脉和灵魂里,永远不会泯灭对传统和文化基因的怀恋。

不过,问题似乎也由此而生了:如果这位老兄,或者我们,依旧还居留在相对破旧过时的老房子里,我们梦中更多出现的,恐怕还是空调、汽车、高堂华屋吧?这并不奇怪。因为向往变化、期盼发展,渴望生活方式与时俱进和怀旧思故、珍惜传统从表面上看似乎是一种悖论,实际上却是一种合情合理的人性诉求。再如今天的玉祁,她似乎是很先进的——如她那发达的GDP和高楼大厦,又分明是很传统的——如她的老街和老街上那几乎和百年前如出一辙的传统风貌,你能说她是两个镇子吗?

律宗第一山

在中国旅游有个特点,到哪儿都少不了看庙。可我不信佛,对众多大同小异的寺庙,除有明显特色的,如青海塔尔寺,一般是到而不入,入也走马观花而已。这回却不同,偶尔受人之邀上了趟句容宝华山隆昌寺,却是大开眼界。

深愧自己孤陋寡闻,竟不知眼皮底下还有这座颇具特色而又"高级"的名寺在。同时也觉诧异:何以如此一座重刹,在民间竟远不如周边的焦山、寒山等寺著名?

隆昌寺地势绝佳。宝华山为宁镇山脉之名峰,最高处海拔400余米。"东临铁瓮,西控金陵,南负句曲,北俯大江",山势崛起而中凹,群峰环绕其下,若花之含萼,窝藏寺宇,如莲之有房。其势雄伟而庄严,景色秀丽。

而隆昌寺之"显贵",首要在于它在佛教界的特殊地位:隆昌寺是国内保存下来的最大的一座律宗道场,也是明清以降影响最大的传戒道场,全国百分之七十的僧侣都是在此受的戒。赵朴初先生尊其为"律宗第一名山",且两上隆昌寺,又亲笔题写"护国圣化隆昌寺"匾额。所谓律宗,乃以严求戒律为要旨,而其"第一山"之隆昌,所授戒之僧之所以被视为最"正宗",乃因其地位在佛教界有如世俗之中国政法大学、国家检察院之类。不仅如此,由于隆昌寺在明清一直受到皇家殊宠,所以更具特殊号召力。至今隆昌寺内还有乾隆6次临幸本寺所住的行宫以及所题的诗篇。而最令隆昌寺显隆的当数雍正帝在1733年搞的那次"受皇戒"活动了。

是年,雍正帝谕旨曰:"朕欲赐各省僧人1500众于愍忠寺受皇戒,尔等可寄信于江南总督,令其将大宝华山住持福聚送赴来京……俟僧众受戒圆满之日,仍送福聚等回山。钦此。"福聚到京后,多次受清世宗接见、赏赐,并主法源席,开三坛大戒。登坛之夕,"感堂殿放五色宝光,上冲霄汉",观者如堵。名义上是受皇戒,实际上是宝华山和尚授戒。从此宝华山声名更振,成为全国受戒名寺。每年冬春传戒之时,各地僧众包括国外来者多达上千。"得戒僧徒遍于天下,以数十万计。"凡在隆昌寺取得戒牒者,走遍全国名山大刹都会受到热忱接待。日本、泰国、缅甸、印度等国都曾向隆昌寺赠送过玉佛、石佛、铜磬等法器。国内皇亲国戚、文人墨客赐物、赠礼、吟诵隆昌寺者则无以计数了。

隆昌寺有许多特色之处,最独特者便是别处罕有的戒坛堂了。此坛高三四丈,深三丈六尺,原为木结构,1705年,律宗第2代祖师见月大师改建为带汉白玉石护栏之石戒台,坛宇、墙壁俱各离立,不倚不连,以尊律范严密。

受戒之时,场面之盛隆、肃穆,非外人可以想象。三名大师端坐坛上,受戒僧尼2人1轮次第上坛接受考核通过者,始可行烫疤仪。是时，香烟袅袅，皮肉吱吱，受戒之僧除凭一股常人难有之信仰力外，唯不停地大声念诵佛号以抵御痛楚。据说，其声先犹清晰，后来便成了含混而不连贯的呻吟。其情其状，真可谓如泣如诉，足以感天地而动鬼神了！遥想当年在塔尔寺见信徒千里迢迢、筚路蓝缕叩长头的情景，不由人不感喟信仰之于人的那份不可思议的作用力……

民间概括隆昌寺之特色有这样几句谣："隆昌有三怪：庙在半山腰，山门朝北开，和尚尼姑住一块。"其实并无可怪之处。庙址选在半山间，乃因周围有36峰，被喻为36朵莲花瓣，寺建山半，其意即为端坐莲房之中。山门原来朝南，只因皇上临幸此山乃由北而至，故改山门面北。至于和尚尼姑同庙而居，只是前来受戒之僧众中也有尼姑，寺中专有一处供她们学习居住，如同大学也有女生宿舍而已。

不过，由于上述种种原因，隆昌寺之气势宏大、建筑华美也是很少见的。寺内共有殿宇号称999间半（皇上乃有千间），寺貌雄壮，风格独特，四合方形寓意一座法坛。寺内除有通常的大雄宝殿、方丈楼、藏经楼外，尚有独具的戒坛、普贤无梁殿、大悲楼、乾隆行宫等，气象诚为非凡。而大雄宝殿内之释迦大佛像，原是南京晨光厂为香港大屿山宝莲寺所铸之天坛大佛铜像之模像，大佛高5.24米，慈祥庄严，神韵非凡，具有强烈的东方艺术魅力。赵朴初曾借用苏东坡诗为大佛题曰："稽首天中天，毫光遍大千；八风吹不动，端坐紫金莲。"

如此一处绝妙胜地，仅从文化角度便堪往一看，何况众多善男信女乎？膜拜于此，"善哉""善哉"！

你的风情我的眼
——窑湾书简

各位亲：

……正如新闻所言，我参加了江苏省旅游局和省作协、《扬子晚报》联办的"名家、名作、名街镇"全国作家江苏采风活动。活动精选了全省有代表性的18处著名街镇，由作家们分头前往采访。那么，能猜到我的任务是采写哪个名街镇吗？

呵呵，我的目标是徐州新沂市的窑湾古镇。

这个地点，是我自己选择的。

因为一提及窑湾，我的眼前即刻闪现出多年前那个胸臆间弥漫着浓浓古风和淡淡春意的晚上。我乘着酒兴，撑着雨伞，独自穿越婆娑于大运河畔的柳荫，漫步到青石铺就、曲曲弯弯的小街上。街两畔，幌旗飘摇。店铺间，灯红酒绿。房子则全是高低错落的小瓦青砖、飞檐翘角的古民居。妙的是那份令人难忘的意境：缠绵细雨不绝如缕，一路追随着我。密集的水珠在伞尖上沙沙流淌，仿佛在和我娓娓絮语。这美妙而醉人的"杏花春雨"时节呵！虽不在江南，但那氛围、那建筑、那动人的情韵，却和我江南的故乡，有着太多的相似。以至我乘兴吟就一首小诗。其中这么几句，至今记忆犹新——

  燕尾剪断了严冬，／嫩柳编出个新春。
  我忽然缅怀姑苏的春雨，／分外柔、分外亮、分外亲昵。
  今夜我又在遥远的雨巷，／和那伞沿的雨珠谈得多么投机！
  窑湾雨呵，多谢你给了我／梦中的童年……

一晃，这么多年过去了。窑湾，你一定出脱得更为妩媚了吧？

今夜无雨，却有一轮大大的月亮，早早地浮上了柳梢。那么圆，那么亮，那么多情！老熟人般，冲着我微笑。"太阳底下无新事"，那么月亮呢？亘古如新、阅尽古今风情的明月呵，在你眼中，那环镇而去的千古运河，那尾灯闪烁的长长船队，是不是也一如既往地流向远方？只是在我看来，河畔的老杨树，明显地高了、大了，繁茂得多也似乎更好客了。而纵横交错的街巷也修葺一新。街两厢的货栈、钱庄、当铺、丝绸店、药店、酒馆和名人老宅、博物馆也明显增多。鳞次栉比的店铺和窑湾特产、名品是一如既往的古色古香：比如，多年前令我叹赏的、上百口宛如戴着巨大斗笠的"窑湾甜油"的酿缸，犹在大院中散发着清香；比如，我当年品尝的清甜绵长又具滋补作用的"窑湾绿豆烧"，今夜又令我有几分贪杯。这一切，都使得印象中的窑湾古镇变得更有韵味也更富古风了。

有道是"月上柳梢头，人约黄昏后"。瞧那些红男绿女，也分外情意缱绻呢。显然，他们有的还是从千里之外自驾而来的，车一停就相依相偎、窃笑着隐于华灯齐放的老街之中……

对了，现今喜欢窑湾的人不在少数，但知悉详情的未必很多。那么，何妨就随我抚今追昔，四处看看？

窑湾的地位颇有得天独厚之处。她位于新沂市的西南边缘、京杭大运河及烟波茫茫的骆马湖交汇处。横亘南北六省市的大运河，在这个地方自北向东拐了个弯。久而久之，这个湾子便形成了一座繁荣的古镇。当地人善于利用特有的淤泥烧制黑陶，制作陶缸、陶罐盆等生活器皿，湾子里分布着方圆达20余里的窑群，"窑湾"地名也因此而来。

三面环水的窑湾，又与宿迁、睢宁、邳州一水相连，是一座具有千年历史、闻名全国的水乡古镇。从空中鸟瞰，其形宛如一叶扁舟，生机勃勃地穿行在历史的云水之间。据典籍记载，窑湾始建于唐朝初年，是京杭大运河上的主要码头之一。明清漕运和海运鼎盛时期，曾扼南北水路之要津。方圆百里的农副产品大都集中在窑湾装船远运，从南方水运北方的棉布丝绸、火柴煤油、食品卷烟等生活品，也多在窑湾转运各地。有的还远销南洋、日本等地。

"日过桅帆千杆，夜泊舟船十里。"水运的兴盛带动了商业的繁荣，小小的窑湾古镇，曾设有八省会馆和十省商业代办处。

著名的有山西会馆、苏镇扬会馆、福建会馆等。

　　交通便利，经济又发达了，美国、英国、法国商人以及意大利、加拿大、荷兰、德国的传教士便也纷纷来到窑湾经商传教。先后开设了美孚石油公司、亚西亚石油公司和五洋百货公司。外国的汽艇、国内的小货轮在窑湾码头来往穿梭，使窑湾古镇又有"黄金水道金三角"和"小上海"之誉。

　　窑湾在历史上虽是集镇建制，但有个全国少见的独特之处：她是一镇两辖，分别由邳州和宿迁管辖，以至有镇右犯法的案犯逃到镇左便可无事之说。镇内由东宁、中宁、迎熏、西临四大部分组成，分别以东西两大街为经、南北两大街为纬，连通其他街道相互交错，并在各交叉口建过街楼一座，互相响应，构成极具特色之格局。

　　窑湾之古风，主要体现在建筑风格上。其主流是明清时期的南北交融风格。山西会馆和山东会馆庄重宏伟，是中国古代建筑艺术传统标准模式。福建、江西会馆则在南方园林布局结构上注入了新的活力，富丽豪华，生动活泼。山西人住房布局结构严谨，呈现山西古建筑特色——"天井院"；福建住宅则仿南方园林式建筑，整体砖木结构，青砖小瓦，院落宽大，如历史名居吴家大院，有四进院落，是古镇保存最为完好的古宅院。

　　江西、福建、苏镇扬人住宅多注重室内装饰，多悬挂家乡名人字画。此外还有大户人家所建的北京四合院构造、欧洲宫殿式小洋楼，甚至还有座可谓宏伟的天主教堂，为典型欧洲哥特式建筑风格。

　　徜徉于斯，我不由自主地感受着一波波心绪来袭，仿佛时间的指尖,轻轻地划过我的胸臆。当年辉煌处,而今人安在?唯一确信的是,光阴历来是位独行侠,匆匆地来,匆匆地去。留下的也许是迷茫,也许是惆怅,也许是怀念,还有那风烟斑驳的遗痕。好在,建筑是久远的,历史是不朽的。是是非非不重要,古老的记忆终究会在后人的情感中复活、长存……

古老的地方自有古老的故事,窑湾的历史也自有她众多的可圈点之处:比如,她亦曾是军事重镇。韩信点将台、楚王城楼、关羽马槽等遗迹,见证了窑湾的古代战史。而今天,弥天战云早已消散,但许多军事建筑风韵犹存,亦成为窑湾古镇的特色建筑。如镇上建有城墙、城门,还设有18处军事哨楼、7座过街哨楼。护城河上仍建有吊桥,四面城墙还设着8处炮台。总之,到处是高墙深巷。外地人初来,恐怕会在大白天迷路。据说,清道光年间,窑湾人臧位高、臧纡青,还曾在窑湾建造了砖石结构奇门遁甲的八卦迷宫阵,以防范太平天国军的进犯。

概言之,迄今保存完好的窑湾古镇"形胜之美称于江淮"。

古建筑遗产丰富无疑是其一大特色,而窑湾还是大运河文化的象征。其建筑特点既不同于北方的四合院,也不同于江南的小桥流水,体现出街曲巷幽、宅深院大、过街楼碉堡式等特色。古民居、古街道、古店铺、古码头、古遗存,铸就了窑湾古镇的文化品位与文化内涵,是古运河文化在民间传承的真实写照。而从人文来看,窑湾亦不让别处。岳飞、朱元璋、史可法、乾隆皇帝等不同朝代的历史名角,都曾在窑湾粉墨登场或留下足迹。

细细地揣想当年的人情世态,是不是有一种物是人非却又令人神往的况味?

令我饶有兴趣的，还有窑湾的邮政史。这也是她的一大特色。

众所周知，通信是人类生活中不可或缺的基本需求。杜甫的"家书抵万金"，无疑是其重要性的最好写照。而在我国历史上，除了军事驿站外，正规的民间邮政，始于大清邮局，但窑湾邮政的创办比当时的大清邮局还要早，距今已有100多年历史。这与当时窑湾发达的经济和密切的人际交流分不开，也与窑湾邮政史上的一位重要人物叶竹三分不开。1874年，窑湾商人叶竹三率先在窑湾开设了民信分局。而这个时日，与万国邮政联盟在瑞士成立的日子几乎同步！

有意思的是，此来窑湾，我所下榻的宾馆，便叫作"龙舟驿客栈"。它建于历史上真实存在过的清代驿站的遗址上，距今亦有300多年历史。信步馆驿，但见院内亭台楼阁、曲桥流水。成群结队的游鱼，红红黄黄的在假山石下优哉游哉。置身其间，仿佛已穿越至古驿当年的盛况之中。那后院按真人比例铸造的驿人驿马的铜像，栩栩如生，顿时将我引向动辄便是马蹄翻飞、鞭声阵阵的岁月——

　　一骑红尘妃子笑，无人知是荔枝来。（杜牧）
　　折梅逢驿使，寄与陇头人；江南无所有，聊赠一枝春。（陆凯）

两诗皆与驿使有关，也皆蕴寓着浓郁的挚情，只不过后者让人温馨、释怀，而前者令人悲凉、怅伤——试想，滚滚烟尘之中,一骑快马流星般驰来,那驿卒稍事喘息,又飞身上马,加鞭疾去。那马儿犹在厩中喘息,早已汗流浃背的驿吏却还得披星戴月,甚至冒着战火流矢驰往长安。古驿30到60里一设,从岭南到长安少说也得两三千里,得换多少匹快马,抽多少道重鞭,才能让新鲜如初的荔枝及时运达,而其所为,只是让唐明皇博宠妃一笑!念此能不让人肠热齿冷?能不让人想起戏诸侯的褒姒,能不让人为那想必有不少累毙荒漠的人和马扼腕三叹!

当然,古驿的功能与价值绝不止于满足帝王私情或"聊赠一枝春",驿站是古代官办飞报军情、递送仪客、运输军需的机构。历代王朝都十分重视邮驿,称之"国之血脉",故古代驿吏属国家编制的准军事人员。一遇急事和战情,则快马飞骑,八百里加急,驿路风尘,朝发夕至,完全与军事行动无异。若无它编织的通联网,帝王与统帅纵使能运筹于帷幄,又岂能决胜于千里之外?

不意窑湾,亦曾是天朝神经网络中举足轻重的一结……

各位亲,逛了这一遭,不知你们有没有和我相类的感受。反正我今夜在窑湾,虽然是身在异乡,却丝毫没有疏离之感。相反,许是多喝了几盅"绿豆烧"吧,反而有一种莫名的亲切感,抑或是思古之幽情吧,充塞于臆间,思绪久久不能平静。说这是怀旧也好,道这是思古也罢,终究是人人能够理解的情愫……

其实,这也是我多年前初次踏上窑湾时就有的感受。记得那回是坐着大客车,从一条不太平坦的乡村公路颠簸而来。虽然疲累,沿途弯弯曲曲的河道、曲曲弯弯的岸陌,还是让我觉得胸襟大开。而此来则更有一番新光景。从新沂到窑湾的土路,早已变成崭新而宽敞的一级公路。行程既快，衣襟里还灌满新稻初刈的清香，还有那河网边飘摇的芦絮，似乎无边无涯地漫延……交通如此便捷，风情又如此古朴。如若我将来老了，能在这样的地方租一所小宅子，静静地读一点书，幽幽地回味一下人生，该是相当惬意的吧？

人声渐稀，市声渐杳，我却仍无倦意。于是又披着幽幽的月光，到古运河边盘桓。风很轻，水面很静。远处星星点点的渔火也昏昏欲睡。我不禁想起马斯洛关于人的论断。他认为人的性格发展中最高的层次是自我实现，而次一层的就是对美的需求。而如窑湾这般古朴、隽永而雅致的境界，不正是心灵所钟情的美吗？

偶一抬头，月亮已穿过柳梢，高高地游上淡淡的彩云间。阅尽万古的明月呵，你这是在看我吗？

面对着今世今夕之人间，你又会做何感想呢？

皎月无语，但她那漫天银晖，在我看来，却清楚地昭示着什么。

第N个吃河豚的人

先说明,所谓"第N个吃河豚的人",就是在下。

这里有两层意思:一是从广义上看(同时也隐含着我的敬意)。据考证,国人享用河豚,视之为天下极品美食,以至明知有毒仍趋之若鹜、不惜"拼死"以快口腹之历史,至少已有2000年。那么,余生也晚,当我有幸面对河豚之际,已经不知是第几代第几个品尝者了,因此只能算是第N个。而千百年来无以计数的先人,已经以一种在我看来至今仍称得上大无畏之精神品尝过河豚的美味,体验过"拼死"的意境,而其中的佼佼者,则积累了烹调炮制河豚以使他人可安全无虞地享用的丰富经验——这些人真可谓善莫大者,值得我为之起敬。而其他一切先人,无论吃过多少回,做过多少回,必定都各有各的"第一次"及其带来的丰富多彩的心理况味。依据鲁迅先生第一个吃螃蟹的人是勇士的逻辑,这些第一次的人,在我这样的人看来,某种程度上也都可以视为勇士。虽然比起目前已无法考证,但确确实实会存在的那个历史上真正第一个吃河豚的人来说，无疑要逊色得多，但那位"第一个"，显然已不在勇士或英雄的范畴内了。因为河豚毕竟不是螃蟹，虽然它看起来远不像螃蟹那样张牙舞爪得吓人，敢于率尔尝试它者，却必定是一个"死士"。这第一个虽然更可敬，同时也未免太可悲。因为他一定是还没弄清是怎么回事，就做了糊涂鬼了。但客观说，他（及更多的他）的死给别人敲响了警钟，使后人从教训中反复摸索，找出办法，虽然肯定还有许多不幸的牺牲者，但最终却给后代们蹚出了一条安全而又不无刺激性的路子，使人类多了一种可快朵颐而又可满足猎奇心和探险欲之新活法。而无论如何，那些最终科学地认识到河豚之特性，从而发明出独特有效的烹调法而造福于千千万万后人者，值得我们为之立一丰碑，千秋万代祭祠之。

所以我总觉得，吃河豚的意趣首先并不在于其美味，而更在于这而今已日益普通而实际仍称得上不普通的食物之多少具有的神秘性，及其某种程度的刺激性和挑战性。因而吃不吃河豚和怎么吃，就不仅是一种饮食现象，更是一种不无玩味价值的精神文化现象。

而相比起来，如我这般的吃河豚者，不仅已是第N个，且只能算得个懦夫了。

因为我从上世纪末期起，就有过多次品尝这一极品美味的机会，而"第一次"则始终姗姗来迟。就是说，当同桌人都在争相下箸而兴味盎然之际，我却敬谢不敏，一筷子也不伸。要知道，那年头河豚还未开始大规模人工养殖，因而它不仅难得，还相当昂贵，有时几乎是头面人物才能享有的待遇，而我竟然不识抬举。不是说我有多么矜持或淡定，多么的不贪口腹之欲，或多么的胆怯。早年我被下放时当过外线电工，十来米的电杆乃至几十米高的铁塔都爬过——但那是我的工作，是一种必须，而吃不吃河豚在我看来并不是一种必须或生存的唯一抉择。且我性格中天生有某种成分，使得我心有狐疑，不愿冒非必要之险，亦不想为一时之快而堕入不必要的惴惴不安中。当然我也得坦承，我的确是个怕死者。但在河豚面前，我怕的其实并不是死亡这个万古长如夜之结果本身，何况我清楚地明白现代人食用河豚致死的概率不到万分之一。故而准确地说，我真正怕的是，那种由此可能产生的对死亡之恐惧与杯弓蛇影感，这滋味在我看来比"一了百了"难受百倍。因为我天生是个想象力过于活跃的家伙，倘如我这天恰巧有点感冒或血压有点偏高，不吃河豚也罢，一旦下了箸，则我这号人必定会因此而捕捉任何一点蛛丝马迹，稍有些头晕或不适，定然会联想到那据说比氰化钾还毒上1000多倍的河豚毒。那份随之而来的惊惶恐怖与疑神疑鬼，可想而知是要比死亡本身或河豚的美味难以消受得多。既如此，倒不如不去弄险以安心了。虽然我也明白，这种心态在许多人看来不是神经也是杞忧，但在我这类于某种情形下总不免不怕一万就怕万一之人看来，任何无万全把握的事情，还是避之三舍来得妙些。毕竟而今的人生患的已不是物品的匮乏，而是过多的选择。不吃河豚，自有其他大量河鲜足我大啖。所以，我总觉得没必要为多一种口福而让自己不愉快。其实，我这类人并不在少数，只是表现的场合各异罢了。君不见，明知只有几百万分之一失事率的飞机，许多人还不是照样望而却步？

也许这种个性及其带来的阴影过于浓郁,以至当河豚养殖业越益成熟,控毒河豚取代了野生河豚游上餐桌(不能不指出的是,低毒或无毒河豚对某些食客的魅力似也同步下降),我可以更加确信它万无一失而终于决定伸出第一筷之际,某种心理仍然在本能地作怪,必得待同桌都吃过10分钟以上才肯下箸(尽管我也知道,这点时间并不足以证明什么,河豚中毒的潜伏期快则10分钟,慢则也有数小时之上)。为此我总要饱受同桌者的嘲讽与奚落,但我从不为所动。首先我没有道德上的顾忌,因为我比别人迟吃是我自己的事,参照别人的反应只是我之心理热身。别人吃或不吃也是他自己的选择,万一真有何意外,与我吃不吃或早吃晚吃并无干系。只是,就这点而言,我不能不成为同食者中的异类。一个从微观上说,也是同桌者中特意于第N个吃河豚的人,甚至是许多人眼中的懦弱者或卑怯、自私者。但有什么办法呢,我就是这么个人,世界上就是有这样那样的人——更谨慎者甚而还怕被树叶砸伤头。而喜好弄险逞强者,岂止是食个河豚,徒手攀岩或极地探险也不在话下。有人还爱于万仞绝壁间无任何防护走钢索。同桌者,您比起他们来未必算得上英雄好汉呢,所以就请你包涵则个吧。好在这不仅非关道德,也非关原则或民族大义什么的,反而因我这样人的存在,让河豚这一独特的食文化又多了些趣味性和玄妙性,某种程度上说,未尝不是我之别一大贡献呢。

一笑。

真正要说到贡献,河豚这种既有毒却又有大美味的生物,对人类菜单丰富之贡献,对许多地方经济及文化发展之贡献,却是怎么言之也不为过的。比如全国最为著名的河豚之乡扬中,据说其经济起飞之初,就曾得益于河豚之美名而每年吸引来进行商贸活动等各色人等最多达 10 万之众,河豚之贡献又焉可谓不巨?

唉,怎么说呢,小小的河豚,大大的牺牲。真正该为之立一面丰碑的,恐怕首先得是这集剧毒与美味于一身且时而会鼓起个圆滚滚而刺茸茸却不无可爱之相的河豚兄呢!

姜堰与姜氏

至今记得,多年前我初到姜堰时,天空正飘零着雨丝。星罗棋布的小村落,密如蛛网的河湖渠,全都浸润在水泠泠而雾蒙蒙的静谧中。待到溱潼古镇,甫一下车,鼻息中又钻进淡淡的晚炊气息,和一种诱人而又特异的油气香——街边的许多摊点上,正炸着这一方水乡特有的名产:鱼饼和虾球。

恍惚之间,一份油然而生的亲切感,浓浓的水汽般氤氲我的身心。那份温馨而熟稔的感觉,仿佛我早已在这里度过顽皮嬉闹的童年,而今又回到了故里——眼前的景致和我真实度过童年的苏州城郊几无二致:小桥、流水、密集的人家、青砖、老屋、深幽的古街……

生出这种感觉是自然的。姜堰和苏州虽地隔长江,春秋时却同属吴地。在形态和韵致间确乎有着很多的神似。"君到姑苏见,人家尽枕河",而姜堰素有"七水穿城的风情古邑,万水交织的美丽水乡"之誉。

而此日,我心中浮漾的,更多的是一种说不清道不明的、依稀回到祖辈身边的神秘感。盖因此地名"姜堰",而我正姓姜。莫非这里是我千百年来某一支先祖同宗们聚居的地方?如果是,这地方真亦可视为我的故乡,而这一族姜姓者,应该是当地的旺族,姓姜的人一定很多。可是我好奇地向当地人打听,得到的回答却让我意外而不无欣慰:姜堰并无多少姓姜之人。但姜堰的命名,确又缘于一户姓姜的望族,只因其有功于当地,遂以其姓而名之。正所谓"山不在高,有仙则灵",而人不在多,有功则名呢。

原来,姜堰的历史由来已久。早在六七千年前,其先民便已繁衍生息于此了。而其地名,原先并不叫姜堰。民国六年(1917年)《姜堰乡土志》记载:"姜堰市者,姜堰镇之改称也。古名三水,以江淮湖皆积于此故名之,其水由西来至湾子口,一向东,一向北,相融回旋为罗纹而成塘,故又名罗塘。"姜堰这地名,最早出现在北宋泰州军范围内。因系水网纵横地带,向多水患。北宋仁宗年间,当地富商姜仁惠、姜谔父子先后两度出钱出力,带领民众在天目山南侧筑坝治水,保护农田。后又因大水,两次南移堰址,最后迁堰至罗塘港,终于成就了当地水利建设的一块丰碑。百姓们为纪念姜氏父子,不忘他们散财出谋率领民众筑堰的丰功,遂将大堤命名为"姜堰",日后更将其命为地名,永志千载。

令我颇觉骄傲的是,我这位姜氏远亲姜仁惠、姜谔父子的善举亦非偶然。史载"姜氏在宋固大有闻于时",都以乐善好施而为人称道。难能可贵的是,姜仁惠这位在某种程度上参与创造了姜堰历史的梓里先贤,并非天生富豪。其少时亦贫家子,因不能读书而发愤经商,经过20多年苦心经营,始成积钱所值数十万缗之巨富。而其富而不忘其本之精神,于今犹有特别的讽世价值。除出钱筑堤之壮举,父子两代日常还建老人堂,供养孤鳏终身之人;建孤儿院,成人后为之婚配。每遇荒年、时疫,则开仓赈贫,施药施棺。还购全监书供士子阅读,购全藏经供僧人念诵……

不过客观而论,筑堤壮举还有别一面精神价值存焉:首义者姜氏父子固厥功至伟,姜堰这方水土的子民们,也大可尊敬。因为要成就一项大水利,资金外,更重要的是劳力、意志等诸多因素。没有百姓的踊跃出力、众志成城和日后的精心养护,"姜堰"云乎哉!而堰成之后,百姓却将其功劳全然记于姜氏父子一身,铭传不足,且以地名纪之。人心之善,民风之厚,亦可见其一斑也。

天下第一节

号炮响处,金鼓骤鸣。千百只群鸽急风般旋起,万千只气球雪片样漫舞,直升机隆隆飞来,在波光粼粼的溱湖上盘旋助威。而船,大大小小数百条彩船,挤挤挨挨上万名船民,鸣动鼓乐,舞起彩龙,一艘一艘,一列一列,一队一队,一群一群,直似千军万马排云而来,恰如万人空巷,花车巡游……

一年一度的姜堰溱潼会船节,便这般有声有色地拉开了她那气势恢弘令人叹为观止的序幕。

是的,叹为观止!我的感受并无夸张。非亲眼看见者,确乎难以想象这精彩的一幕。而身处此地者,谁个不为之血涌!那一潮又一潮的船队,对你的视觉感官造成的冲击是如此强悍,我甚至为未曾亲临这难得一遇的盛会者,感到几分遗憾。尤其是那彩船丛中蛟龙般穿梭的数百条篙子船破浪而来时,再博闻广阅者,也不由得要为那战船破浪般的雄浑气势喝一声彩,道一声壮观!那密密麻麻不下千条、万条的长篙,仿佛被同一面帅旗挥引着，在或着古代兵勇服或穿现代战士装或衣红或着彩或男队或女营的撑船者手中，群戈劲舞般齐刷刷升起，又齐刷刷击水，将绵绵船队撑得如轻舟蹈浪般你追我赶的场面，令我视野陡然开阔，直透热浪滚滚的溱湖烟云，恍若又回到千百年前"专练会船架竹篙，一声锣响滚银涛。各争胜负分前后，不亚金焦训水操"的胜景之中。

将溱潼会船节视为天下第一节，或许有我的感情成分在，但她那非凡的气势和内涵确乎独步天下。更有意义的是，她是悠久历史和独特文化传统的自然延伸。如今天南海北五花八门的这节那节海了去，我个人有幸光临过以食品或风物为主题的此类节会也不下二三十处。总而言之，我理解这有助于经济腾飞、旅游潮热。惜乎其组织、场面、文化特色乃至内涵上堪与溱湖会船节比肩者并不多，某些节会甚至给我强行造势的印象。在姜堰，关于溱潼会船之源的版本有多种，究竟何说为准并不重要。我感兴趣的是，这以民间自发为主且绵延兴盛、一续千年之传统缘何而成？生命力又缘何如此顽盛？想来总与其得民心、合民意且切合鱼米之乡水网密、湿地多之地域特征有关。而其文化含量大且于今为盛的现状，无疑又证明了姜堰和溱潼在新时期经济文化、人民生活水准的突飞猛进。

其实在溱潼，值得叹赏的又何止会船？那古风悠悠、湖景怡然的千年古镇，那麻石铺就的曲径小巷，那终日飘拂的烹鱼饼和"湖中八鲜"之香息，都足以让人流连。而那棵目睹了千年会船古俗的穿天老槐，至今还生机盎然地向游人诉说着董永和七仙女对人间真情的向往。尤其是镇中，竟还灼灼盛放着一株江淮仅有的千年山茶。其树巨如冠，花红似血，花期长达四五个月，花繁竟至千朵！她那苍劲的虬枝，繁星般的满树嫣红，浑似溱潼古老文化与现代文明水乳交融的化身，同时，岂不也是其欣欣向荣之美好前景的鲜明昭示？

哦，垛田

诗人爱吟风弄月，哲人爱仰天长叹。我呢，可谓爱好多多，但骨子里怕是属"小人"的，所谓"小人爱土"是也。土地、田野、璞玉般未琢的生态或事物，总对我有着深长的引力。所以我虽已久居闹市，难脱对都市文明的依赖，感情上却始终无法与之亲和。有时我也担心这可能是一种异癖，甚至已泛化成迷误：我始终难以对许多人为鼓捣并被贵为文化的东西感兴趣，更难以对那些被加冕为明星、名人者产生崇拜。平素如此，有机会上哪儿去透透新鲜空气时也如此。顶烦的是随团式的旅游。孩子般跟着面小黄旗，屁颠屁颠地以追逐更多的所谓景点为乐，结果时间都耗于车上，看到的不外乎陈陈相因的庙呵碑呵亭子呵，沿途那颇富特色的明山丽水却被弃于汽车的尾气后了。

好在亲近自然的机缘和享受还是有的，比如新近的兴化之游。那浸淫着浓郁春意的泥土气息，至今犹在心上温煦地拂荡。但坦率说，给我这份美感的，并非颇具历史价值的文化遗存如施耐庵墓和郑板桥旧居等。它们在我心上刻下的是近乎"知道了"的印痕。让我流连玩味大感亲切的是那村民们习见不惊的田园风情,尤其是诗一般蕴蓄、村姑般静美而迷宫般诱人的垛田。

先民们真是聪明得可以,硬是将低洼的沼泽变成了千万亩良田。深挖取土,堆成高地,谓之为垛田,而掘出的沟渠恰为交通的水网。那垛田广可百亩,小仅数分,如丰美的花篮般盛满春光,绿油油的小岛般飘浮于绿水间。这样的田土肥沃自不必说,还旱不患水、涝不怕淹。村人之耕作进出,全凭一叶扁舟。如此稀罕的劳作景象岂不也有几分浪漫?但若非惯常出入者,你可轻易不可盲目浪漫。须知那迷宫般错综、卦象般复杂的垛田,当年还曾是抗御日寇的天然屏障呢!——贸然侵入的汽艇,不为鱼鳖者几稀!

主人一再为我们惋惜,错过了菜花流金的佳期。我倒毫无此憾。正所谓"水光潋滟晴方好,山色空蒙雨亦奇"。此时虽黄花初谢,籽荚方满的油菜却也别具情韵。而成片大葱箭镞般青翠挺拔,密集的麦穗如少女的裙裾轻舞于风中,跃鱼泼剌闪光,轻舟欸乃隐约,此外绝无喧哗,更无烟尘。这份恬淡、幽雅,多似我们久违的梦中桃源!垛田的魅力,根本就蕴于这恬静却生机勃发的泥土气息里呵。《圣经》有云:"你生于泥土,终将归于泥土。"可见泥土不仅是生命温床,亦是归宿。此亦我们本能地亲近"泥土"之根由吧?而如垛田这般本色的"泥土"而今却越益稀见了。所以当主人言及曾多方努力终因缺钱而未能将垛田开发成景点时,我虽理解,却也暗觉庆幸。君不见古朴的周庄,而今已沉沦于滚滚人潮;幽美的天目湖,几已为宾馆楼阁所蚕食。真不敢想象人声鼎沸、大起楼台的垛田，将又是何等面目！让美丽的垛田"养在深闺人未识"确乎有些遗憾，但能为生命多保留几分泥土气，未尝不是善莫大焉的高着呀。

分享泗洪

今夜我在泗洪。

——一个名叫洪泽湖湿地公园的地方,一所唯此公园特有的"环屋皆水也"的悬于水中的宾馆里,我悠然高卧于客房,在听秋。

环境够别致,也够美。虽然周遭的一切已完全隐没于黑暗之中,但想象的翅翼仍然在白天游历过的地方自由浮游与穿越。那些个白日里随处可见的浩瀚荷塘,那些个风一样到处漫卷于碧水之畔的苇荡,又历历在目了。它们依然向夜空散溢着各自独有的馨香,并与那总是有几分淡淡腥息的水汽,长久地氤氲在游子的心田。这清淡的水腥,不外乎鱼肥虾繁和植物丰茂的结果,亦是负氧离子富集的最好证明。据说,测一个紧闭的空调房间,它的负氧离子密度是每立方厘米200个;一般都市的空气中,每立方厘米负氧离子密度是2000左右;而这片令"水韵泗洪"名正言顺的"大湖湿地",每立方厘米负氧离子密度高达20000个以上。无怪其宣传词上要说"游大湿地,做深呼吸",他们有这个资格说!

顺带说一下,中国是个盛产标语口号的国度,哪儿都汗牛充栋、各尽奇思(甚至还有些荒唐或玄乎之思),但较恰当也能给我好感的并不多,倒是上述那普普通通的8个字形象、朴实而贴切,令我过目辄不忘。其他诸如"泗洪是一个用水韵诠释美的地方,泗洪是一个用色彩绘就美的地方,泗洪是一个用激情演绎美的地方",也没有浮夸或骄矜之感,只是简洁而实在地概括了自己的个性,值得赞上一个。

在湿地度夜,使我感觉新趣,且也意外获得了心深处一直羡慕的那份"真正"的宁静。当然,不是那种一息不闻而反足以瘆人的静,那不是静,那应该叫作死气沉沉。这里有的,是那种绝无市嚣亦远离人喧车哗的静,更是那种南朝时王籍所谓的"蝉噪林逾静,鸟鸣山更幽"的对立统一之辩证的"静"。对于厌烦于尘世纷扰又越益难以听到纯正的自然之音如我之人来说,这份可遇不可求、颇可谓形而上的"静",实在难得。而今天是9月10号,正是民俗所谓"听秋"的时令。听秋的神韵恰又不仅在于秋风日益临近的舞步,更有百般秋虫、万般草木的激情宣泄或缠绵呢喃。

唧唧秋虫之无主题变奏,原是最宜人遐想的。你若谛听,入神时甚至令心潮起伏而不由自主做几次"深呼吸"。《诗经》说:"五月斯螽动股,六月莎鸡振羽。"这斯螽不知是何物,莎鸡我倒知道,就是指的"纺织娘",是那种较蝈蝈为大,头又相对较短的昆虫。其从头到翅端可达50到70毫米,后足也很长。它名字的来源就在于它每次开叫前,先有短促的前奏曲,声音听上去好像"轧织""轧织"……长可达数十声,之后才是"织织织织"的主旋律,音高韵长,时轻时重,犹如纺车在转动,因此才得名"纺织娘"。

当然,加入秋虫之合唱的,绝不仅仅是斯螽、莎鸡等几种,遗憾的是,我细细听去,那"吱吱吱""叽叽叽""喳喳喳""沙沙沙"甚至"咕咕咕"至少几十种虫鸣的大合唱中,我用尽心力也只能大致分辨出窗外的草丛和芦苇丛中那细细的"吱吱"声,是金铃子发出的;那浑厚点的"蚰蚰"声,是蟋蟀发出的;而那连续、高亢的"织织"声,则是纺织娘发出的。此外除了还闹得清那"哗啦"之声,是凑热闹的跃水游鱼外,就概不知所以然了。好在这并不影响我的情趣,乃至心潮的悸动。《诗经》中描写的"七月在野,八月在宇,九月在户,十月蟋蟀,入我床下"的美妙意境,今夜算是最直观而生动地体验到了。

不禁多少有些怅然地想到一个问题,其实我多年以来,曾多次来过泗洪,与这片古老而神韵丰沛的土地,应该是老相识了,怎么过去并没有多少关于这片美丽泽国的记忆呢?虽然它无论你知道不知道,千百万年来就在那里了。

恐怕还是我已往的注意力不够宽阔有关。因为细想起来,实际上我二三十年前就领略过它的风采了。

一直以来,我对作为全国名酒之乡的"泗洪",是有着一份特殊的好感。这主要就在于我与双沟酒厂的某种因缘。而双沟酒的品牌、酒质、效益和市场占有率及其在全国酒徒中的口碑向来都很高。我此生所喝的第一种白酒,就是被下放时凭票购买的双沟普曲。记得是从 1985 年始,时任双沟酒厂厂长、后又任过淮安市人大常委会副主任的陈森辉先生,就拍板与《雨花》联袂,一连举办过多届双沟散文奖征文活动。我因此有幸与一大批省内外著名作家如汪曾祺、从维熙、唐因、刘心武、陈登科及陆文夫、高晓声、顾尔镡、叶至诚父子等人多次到双沟酒厂采风、体验生活。新老作家盘桓于车间、窖库,叹赏酿酒的全过程,领略双沟独特的酒文化。作家们对双沟美酒的赞誉自不必说,尤以叶圣陶的四句五言为代表:"曾饮双沟酒,如今老不能,芳醇犹记忆,佳酿信堪称。"

就是在那时,我们几度亲临水上,领略了洪泽湖的绮丽风情。那是酒厂租了农船,主宾们泛舟于淮河和洪泽湖上,把酒临风,对酒当歌,盛赞"双沟"之醇美,共画"双沟"之美好愿景。而彼时双沟刚勾兑成风行一时并获全国名酒评选银奖的 39 度低度白酒,那独特的玻璃扁瓶造型,至今犹在眼前。而真个是开瓶十里香的青瓷瓶装的 53 度白酒则获得全国名酒称号。至今我一想起来,那甘洌浓香的气息,便会油然浮泛于唇齿之间……

就是因了这样一份情缘吧,多年以来,只要一看见双沟的新品上市,如青花瓷系列、苏酒系列、珍宝舫系列,乃至最近的绵柔苏酒系列,我都会欣喜地为之一醉,分享双沟的新成就。

不过,同样令我难忘的,就是当年印象中那风韵不让西子的洪泽湖之美。尤其当时正值仲春,放眼望去,湖畔触目皆是一方方浓郁而娇黄的菜花。而密如蛛网的支流河荡(而今谓之湿地),橹声欸乃;渔人网中蹦蹿的群鱼,在艳阳下噼啪闪亮;水边正迅猛拔节的苇茎,麦苗般青绿于风中。古人谓初生芦苇为蒹葭,而"蒹葭苍苍,在水一方",不仅别具风情,还是春天与诗情的触媒。远眺近抚,置身其中,我不亦乐乎!

走笔至此,不禁又一次感到,任何人为的言词或描摹在自然的杰作面前,在浑朴天成的美面前都是苍白无力的。所以我很少敢下笔写游记。道理很简单:见过者会觉得你尚未描摹出他所感之万一;没切身体验者又难以藉你的文字想象出抚撼你心窍的那一份质感。但这回却有所不同了,当我卧思于丝弦合奏般的虫吟之中不忍睡去之际,心中浮漾的,却也有几缕别样的感慨,令我欲一吐为快。

所幸,两天的游历和见闻,我在这里并没有见到虚火上升的迹象。虽然洪泽湖的百分之四十在泗洪,但他们并没有"竭泽而渔"。75万亩湿地中,他们只审慎地开发了极小的外围部分,供人观赏或进行与农水相关的科学研究。没有大起楼台,也没有"浓妆艳抹"。所做的一切,更多的是在合理保育的范畴之中。可见泗洪人倡导的"激情文化",及其在各个领域内的尽情渲染,首先还是理性而科学的。无怪乎他们的勤奋和创意,被广为称道为"江苏精神的泗洪表达"。

过下邳

下邳，即今徐州之辖市邳州的古称，但我独愿以"下邳"称之，实缘于自己的"三国"情结。少时痴迷，一部《三国演义》看了不下三遍。成年后又把那陈寿的《三国志》翻览一通。史志与文学演义，其真实性相去不可以道里计，可读性自然也无可比拟。但这并不能淹抑我或广大读者对三国故事和人物的景仰与兴味。足见罗贯中笔底生魔，影响之大，而文学本身那出神入化的独特功能亦不可小视。

下邳所以著名，首推演义中那尽人皆知的"白门楼曹操斩吕布"一回。京剧亦有《白门楼》这出戏。吕布、曹操、刘关张等三国主要历史人物纷纷粉墨登场，表演精彩，形象动人，令人铭心。据《三国志》记载，这段风生水起的史实，确曾真实演绎于下邳。而其深远影响的根源，又首推关羽之圣名。虽然这位温酒斩华雄、过五关斩六将、刮骨疗毒谈笑风生、诛谚良、斩文丑的关公，当时实际是被曹操大大铩羽而先走了一回麦城的。但正因他的被擒，反而生发出他降汉不降曹、立功报曹、礼待二嫂而终于重投刘备这一串花团锦簇催人泪下的故事，大大升华了关羽的忠义品格。其与曹操"约三事"，亦典出下邳之土山镇。

其实，在今日之我看来，这出戏中的奸相曹操，非但不失其义，且是成全关羽的关键人物。其厚待关羽，小宴三日，大宴五日，赠袍关羽，才有关羽将其穿于衣底，上用刘备所赐旧袍罩之，以示不敢以新忘旧；其赠关羽赤兔马，才有关羽以乘此马，可一日而见刘备。更难得的是，关公封金挂印绝尘而去之际，曹操手下欲追杀之，曹操反道"彼各为其主，勿追也"。否则，是否还有后来之关大帝，我颇怀疑。故我对关羽之忠义的真正价值，及其是否当得起"天目心如镜"之武圣人大号，多少也是存了点儿疑的。

当然，我也明白，忠义观本身有其精神与审美价值。而关羽能从一介引车卖浆者之流终于腾升为"三界伏魔大帝神威远震天尊关圣帝君"，亦自有其必然性。必然就必然在历代封建王朝需要一个利于其巩固统治的忠义典型，而广大民众亦渴望有一个精神依归。且关羽确有其盖世军功和忠义特质，因缘辐辏，便是其不欲为圣也难矣。只是关公在天之灵对其后的飞黄腾达是否有知，知了又会做何感想，我就不得而知了。更有一点让我困惑的是，如今商家店铺，多有供奉关公神像的，而印象中关羽似非爱财之士，目其为武财神，不知其中缘由。

历史是非，殊难定论；人物臧否，向来聚讼。而"滚滚长江东逝水，浪花淘尽英雄，是非成败转头空，青山依旧在，几度夕阳红"，正所谓存在的便是合理的，且不论它吧。您若有暇到邳州，夕阳晨晖之中，其生态城市的欣欣新貌及土山明清一条街和宏大的关帝庙，不可不看。关圣塑像、马迹亭、结义亭和钟鼓楼都被修葺得有模有样，古风盎然。于此流连，发一番思古之幽情，不亦乐乎？

历史以新沂行走

"秀才不出门,能知天下事。"此言不无道理,多少也透出秀才们的矜夸与浅薄。毕竟,"纸上得来终觉浅";毕竟,纸上演绎不了整个天下。何况,"不是我不明白,这世界变化快"呀。

说起来,这点儿小小的感悟,也是我到了新沂才油然生发的。

身为江苏人,对新沂我本不陌生。知道她是本省的北大门,地处苏鲁两省交界、徐州治下的一个县级市,走起来距南京也不过3个来小时车程。可因为从没有去过,印象中一片模糊。甚至还想当然地以为,作为江苏欠发达的苏北之北的新沂,恐怕不过是一片灰茫茫的穷乡僻壤而已。孰料到了新沂才知道,一个人的思维定式是多么可笑。且不说历史,就是今日之新沂,也早已是地位独特、经济腾飞、人气旺盛而城区开阔美观的一大重镇了!论交通,她是亚欧大陆桥东起第一座交通枢纽城市,公路、水路四通八达,周边80公里范围内竟有徐州、连云港、临沂3处机场；论经济，新沂是苏北县域经济中工业基础较好的城市，恒盛化肥就是苏北地区最大的尿素企业，年产量超过35万吨，新近引进的徐州市重点招商项目江苏斯尔克化纤纺织公司一个企业，总投资就达12亿元；论物产，新沂素有"一山一水八分田"之称，是国家重要农业生产基地和全国绿化造林百佳县。依托波光浩渺的骆马湖形成的水产养殖面积超过30万亩，居江苏前10名之列。而若论新沂在全省乃至全国发展中的战略地位和前景，则更令我咂舌：早在1993年，著名社会学家费孝通就曾专程到新沂调研，预见新沂必将成为我国新一轮发展的热点地区。近两年来，江苏省委对新沂更是倾注了异乎寻常的关注和支持。省委书记多次视察新沂，要求新沂发挥区位优势，加快发展，建设成为"东陇海线上第三大城市，第三大工业城市"，相对于江苏这样一个发达省份而言，这是何等宏伟而令人鼓舞的战略目标呵！

然而令我震撼的还不止于此。作为一个文化人，一地的自然、人文景观无疑是最能吸引我眼球的。说来汗颜，我是到了新沂才知道，这是一块历史人文积淀多么神奇而丰厚的土地。早在10000年前，这里就留下了古人类活动的足迹。已出土石、陶、玉等文物1000多件的花厅古文化遗址距今亦有5000多年。被誉为苏北周庄的千年古镇窑湾，浑如一首古风盎然的怀旧诗，流连于风清月白的骆马湖畔，可谓现代都市文明间难得一遇的世外桃源。山水相抱、沟涧纵横、融自然景观与人文景观于一体的马陵山，曾被乾隆称为"第一江山"。而仅仅说到马陵山，你也许会如我一般漠然，但若提及《孙子兵法》及孙膑与庞涓这两个名垂千古的军事家的大名，说起孙膑以增兵减灶等大智大勇灭悻强逞骄之庞涓于斯的那场著名战役,那马嘶人吼、刀光剑影的铁血悲歌,是不是也会赫然重现于你的眼前?

没错,中国军事史上最著名的战役之一"马陵之战",就上演于新沂至郯城一线的马陵道中,而自以为算得个秀才却孤陋寡闻之我,直至身临新沂之日,才刚刚弄清这点!不出门的秀才们,还是不要轻言什么能知天下事为宜哪!

看来,欲知天下事,不仅要"读万卷书",更得"行万里路"才来得可靠。其实,人生而在世,想活出点意义或生出点价值来,就得追求点什么,要追求自然就得"行"、就得"走"。此可谓人生一大特征。至于行走的哲学本质,台湾诗人楚戈说得绝妙而透辟:"人以双足行走,蛇以身体行走,花以开谢行走……生以死行走,有以无行走,动以静行走,诗以文字行走,行走以行走行走!"

至于古老而年轻的新沂,倘其故步自封,焉有今日之辉煌?而哲人有言:"一切历史都是当代史。"换言之,一切当代史也无不折射着历史的光辉。从这个意义上说,新沂是以其丰厚的人文积淀"行走",而其日新月异的历史,又何尝不在以新沂"行走"?

盂城驿歌

城与人一样,也各有其性格。高邮的特色尤为鲜明。

历史悠久、人文淳厚自不必说,她还是全国唯一因2000余年前秦王在此筑高城、建邮亭而以"邮"字命名的城市。且因高邮湖和大运河悬于城市之上,形似覆盂而别称盂城。至于风物,不仅那嫣红流油的双黄鸭蛋、异香可口的界首茶干等美食让人垂涎,单是汪曾祺笔下诗一般毓秀的大淖风情,和小英子与小和尚那清风明月般纯净的初恋,就足以让你怦然心动而心向往之了。

而让我流连的还有一处尤具特色的文化遗存,也是全国唯一因保存完好而获国家级文物保护单位的古代驿站——盂城驿。它让我油然生发思古之幽情。

一骑红尘妃子笑,无人知是荔枝来。(杜牧)

折梅逢驿使,寄与陇头人;江南无所有,聊赠一枝春。(陆凯)

两诗皆与驿使有关，也皆蕴寓着浓郁的挚情，只不过后者让人温馨、释怀，而前者令人悲凉、怅伤。

当然，古驿的功能与价值绝不止于满足帝王私情或"聊赠一枝春"，驿站是古代官办飞报军情、递送仪客、运输军需的机构。历代王朝都十分重视邮驿，称之"国之血脉"。

盂城驿始建于明洪武八年（1375年）。原规模宏大，除驿站本身的牌楼、照壁、鼓楼、厅房、库房、廊房、马房等外，临里运河堤有迎饯宾客的皇华厅，驿内有秦邮公馆，驿北有驿丞宅等房屋，驿站东南有驿马饮水地的遗址，盛时畜有良马数百匹，好一派车辚辚而马萧萧的壮观景象，是我国古代南北大动脉——京杭大运河上的一处重要驿站。对研究我国古代邮政、交通、水利史具有科学、艺术、历史和文物价值。高邮市对该驿进行了良好的规划与保护，并举办了"古盂城驿"史料展览。她的存在，更明确地佐证了将自己名字与邮传联系在一起的高邮市，因"邮"而生，因"邮"而兴，一支"邮"字歌，从古唱到今的独特个性。

而今，社会已驰入电子信息时代，驿站似已退出了历史舞台。其实不然。那密布世界各地由路由交换设备和基站构成的因特网和移动通信网，岂不就是另一种形式的"驿站"？而盂城驿的存在，也如一座昭示古代文明的活化石，生动存储着祖先的悲欢离合，永久传递着历史的暮鼓晨钟。

乡里的文化

近日,得友人邀,专程驱车去逛丹阳延陵。延陵有季子庙,说是三月初六是当地一年一度的庙会,有趣得很。而现实总爱和人的期待开点儿玩笑,到了却发现,所谓庙会,热闹倒热闹,内涵全非想象中那回事,基本就是个临时性的大集市。街两边各式货物码得山高,无非是些常见的日用品和大红大紫的廉价衣物。汹汹人潮中,除开烧香许愿做买卖的,多为像我一样凑热闹的。至于祭祀、巡游或唱戏卖艺之类"文化",至少我在时没见到,就是见到也不会带给我太多乐趣。毕竟时代、环境大不同了。如同今天的相声,如不彻底革新,老依些传统路数说事,恐怕只能越益式微。许多人疾呼弘扬传统文化甚至还要恢复私塾,依我看也只能是强按牛头饮水。不同时代自有不同的文化内涵或娱乐方式,你怎能要求一个痴迷手机或电玩的青年人,还去对《三字经》或老思维相声感兴趣?所以文化的发展顺其自然也罢。何况,我们眼里的传统其实从来都是随社会历史嬗变的,其中到底有多少玩意儿是打三皇五帝那儿沿袭到今的？恐怕找不出几件的。

不过，风俗这东西倒是长寿得很。比如在当地，哪儿逢庙会就习惯由靠近的几个村子上的人家做东，呼朋引类、大聚一场的风俗就依然循例。友人家村子距延陵不足1公里，那天就开了3桌。而我在村里闲逛，发现人家的空地几乎都被四乡八村涌来的摩托、电瓶车和小汽车挤爆了。到了中午，差不多家家都"开轩面场圃，把酒话桑麻"。这让我颇觉有趣，也真切感受到了孟浩然诗的传神。乡里人吃饭，的确都喜欢门户大敞，直面场圃。只不过，孟老夫子料不到的是，如今乡人酒席上，谈论的几无桑麻，而是股票、ＣＰＩ、某某峰会甚至普京与奥巴马的角逐。这恐怕又和时代变迁有关。新的生活方式给传统文化形式注入了新的内涵与期待。如今的乡人尤其青年男女，有多少还纯粹在村里窝着呢？而庙会依然保有生命力的深层原因，恐怕就在它也如春节一般，又一次让越益清寂的村庄聚拢人气，让空巢家庭多一个团聚的理由。这倒不无新意，又何尝不是一种与时俱进的新型文化呢？我一桌上就有在印刷厂搞经营和在外包工、做漆匠和开洗染店的各色人等。所以他们的谈吐常常也文化得很。有时还会露出些诸如"人民币升值和世界经济危机说明老美以后要看中国脸色了""大陆要拿下台湾小菜一碟，美国佬敢帮忙，我们一个激光就把它航空母舰斩成两截"之类高论，听着倒也别有一趣。

不过最有趣的，还是轩外那满目黄绿的田野，那水一般漾满胸臆的菜花香息。忍不住溜开去，在比酒更醇的熏风里溜达。阡陌上菜花炫目、麦浪翻绿、蚕豆花满眼妩媚而静悄悄杳无人迹。只有蜜蜂在快乐地哼哼，鱼儿在卟卟唼喋。唉！这世上最迷人的"文化"，唯有大自然呵！而真正亘古不变的，也唯有自然法则了。到了春天就全心开花，到了秋季就努力结果。孔老儿吃的，咱们还在吃着。所以，无论你如何说道，一切人为的东西，哪怕都贵为文化，焉能跟自然媲美！

文明的软肋

环保问题,其来也久。实际上有史以来,它就与人类文明如影随形,如藤缠树般相生相克,直到今天,乃至永远。只不过文明程度低下的年代,人类的刀耕火种、劈山毁林和对资源的耗费,相对于大气自净力和地球的自愈力,还不过是毛毛雨,我们才不像今日这般痛心疾首,高度关注。

今日之地球,环境之败坏、生态之脆弱、空气之污浊已到何等程度,相信已不是个需要论证的问题。环境问题早已成为现代文明的软肋。视之令人心悸,抚之令人神伤,思之令人太息!就在我敲打此文的时候,不远处的城河上飘来的阵阵腐气,就明白无欺地昭示着一切。

显然,环境的败坏与污染的加剧,几乎与社会的发展和文明的进步成正比。多么不幸、多么具有讽刺意味的悖象呵!有史以来,人类最向往、最足自豪的,岂不就是科学的进步、文明的发展、社会的现代化么?而发展的目的,自然也是为我们生活得更幸福、更健康、更"诗意地栖居在大地上"!

这么说,问题就出在发展、进步上?

然而,不求发展的话,人类岂不至今仍在牛车上踯躅?世界岂非至今还在中世纪的蒙昧中昏睡?尤其在一个不平衡的、弱肉强食的世界结构中,"不发达国家"因落后而挨打的历史教训比比皆是,试问谁愿坐以待毙?而对于中国、印度这样人口数量在10亿以上的大国,仅求温饱,就不得不向"发展"二字要出路……

扯远了,还是回到现实中来吧。事实上,引发我这通书生之见的,正是现实。

这现实就是,作为"江苏作家绿色采风"活动成员,我有生以来第一次换了副眼镜,从一个牢骚满腹、站着说话不腰疼的环保"批评家"变为一个(尽管还是皮相的)"环保观察家"。视野既新,角度既变,感受自然也切实了许多。尤有意义的是,此行不仅长了见识,还使我第一次站在环保工作者的立场上看一些现状,想一些问题,体会到一些环保的深度意义与艰辛,可谓不虚此行。

实在说,江苏,尤其是苏南等经济发达地区的环保工作,力度之大,成就之著,都是我此前难以想象的。如有"太湖明珠"之称的无锡市,多年来为保护和治理太湖水质投入了巨量资金和艰辛不懈的努力。他们以五里湖(蠡湖)水环境综合整治为突破口,组织实施生态清淤、污水截流、退渔还湖、生态修复和环湖林带建设等七大骨干工程。我们参观时正值仲春,五里湖畔春意鲜浓,桃花与海棠竞相争艳,火苗般燃红十里湖滨。绿茸茸的柳丝则充满温情地轻抚着细软的人工沙滩。由退渔还湖而来的蠡湖地区,已建成大片由沿湖开放公园、湖滨居住区、城市公共服务和旅游设施组成的观光游览胜地。

向有"人间天堂"美誉的苏州市,环保工作自然也可圈可点。多年来,他们在苏州及下辖市区的发展建设中,始终将环保纳入区域生产力布局和经济结构调整的中长期规划中,使苏州先后获得"国家卫生城市群""国家环境保护模范城市群""国家园林城市""全国创建文明城市先进工作市"等难能可贵的荣誉,并被有关国际组织评为"国际花园城市""世界九大新兴技术城市之一""全球六大最具活力城市之一"。

成绩,显然是足以欢欣鼓舞的。虽然以理想的人居环境标准来看,还只是相对的。而成就的取得,无疑是得益于当地政府和环保部门之先进的环保理念。如此行中,一路上不绝于耳的是当地政府大力发展循环经济之说。也就是说,他们的环保不仅着眼于对污水、废气、垃圾等治理,而更着重于对资源的充分利用,对生活和工业污水、城市固体废物的循环利用上。如炼钢废水由简单排放到处理后重复利用,垃圾由一填了之到采集甲烷气体或焚烧发电等等,都是让我耳目一新的高明之举。

当然,成就更得益于苏南地区那坚实的经济后盾。环保,尤其是都市的环保,没有大把银子的投入是不可想象的。仅一个上百万人口城市的工业和生活污水的处理,就得建上几十座现代化的大型污水处理厂,其投资之巨也无须赘述。

正是这一点,让我于欢欣中又生出丝丝隐忧。因为,此中分明又呈现出那个隐匿的怪圈之魔影——保护与修复环境有赖于经济的发达，经济的发达又几乎不可避免地加剧着环境的解构与损蚀，如此循环往复，何时是个尽头？

事实上，我的忧虑并非杞忧。即便是在苏州、无锡这样名满天下的人间福地，你也时时感受得到，环保问题仍是一个远不能高枕无忧的严峻挑战。

在苏州，我们有过一次如梦似幻的运河夜游。

在苏州长大的我，对于环城而去的古运河是再熟悉不过的。1960年代的大运河，水清云白，樯橹穿梭，可谓我总角之年的摇篮。我的泳技便开蒙于斯，夏日里常与小伙伴逐浪嬉戏。有时一去10余里，然后攀上长长的木排返回。而这样的童趣，我们的下一代恐怕是不会再有了。几乎与新时期经济腾飞同步，大运河水质江河日下，早已成游泳禁地。现今的环城水段，经大力整治已有所恢复。河两岸亦遍植新柳，重整堤围，修葺了上百座古老的拱桥，粉饰了10来处残余的城墙，成为古风盎然的旅游观光胜地。是夜，河上船影煌煌，船上评弹悠悠，两岸的灯火则争妍斗彩，勾画出"人家尽枕河"的昔日胜景，数十公里水路处处漂浮着梦幻般的氤氲。然而煞风景的是，迷离夜色和夹岸灯火，终究粉饰不了某些工厂的怪味，某些水域的腥腐之气也间或袭入船舱，无情地宣告着环保的任重而道远，昭示着"发展"的后遗症是多么冥顽不化！

水域治理的难题正日益成为姑苏水乡的心腹大患。尽管防治力度也年复一年地强化着，其间的张力却迄今未有明显纾缓。太湖治理之艰，便是佐证。

众所周知，包孕吴越、风情万种的太湖，一度曾恶化为腥臭百里、蓝藻泛滥的臭湖,以至曾由国务院出面,层层签下军令状,发动过一场环太湖省市齐抓共治的浩大战役。几年下来,如上所述,仅从无锡来看,战绩确乎不小。但其水质究竟恢复得怎样了?其远景又将如何?

我曾就此请教过无锡的环保专家,不料他们的回答令我咂舌:"目前只能说有所改善。真正的恢复或曰理想的治理,则有待于更加坚决而旷日持久的攻坚。原因就在于湖泊等水质易败难治。如果依据日本湖泊专家的预言,即使要恢复到五六十年代的水质,没有100年时间、5万亿以上的资金,难以达标!"

我心黯然。

伫立湖边,凝望着灰暗渺茫的湖心,我不禁怀疑多年前我在其中栖居过近10年,并一度决心终老于斯的太湖,是否真有过清风明月、碧波连天的桃源胜景。而就个人而言,我一时竟无法判断,那个清贫而干净的昨天,和这个纸醉金迷却不免浮躁污浊的今天,哪一种更宜于人类的生存、生命的本质?

一只白色的飞禽疾速地掠入我的视线,但见它在水汽和疾风的合力下奋力击翅,上下翻飞,似在寻觅,又似在哀鸣。那是什么鸟?

我忽然不合时宜地想起那只远古的小鸟来,莫非它就是试图填海的精卫?

不久前在中央台看到的,那条有着嗜食同类天性的非洲王蛇也浮现于眼际。

不知是贪婪的天性使然,还是饿昏了头,这条10来米长的大王蛇,竟一口咬住自己尾巴,狠命地吞将进去。那越缩越小、令人毛骨悚然的圆环,充分显示着它的贪欲是何等凶悍而愚蠢。遗憾的是那电视片没有告诉我结局如何。

其实这也不难想象,不是它及早意识到自己的蠢笨而放弃其变态的贪欲,就是它最终被自己的贪欲所消化。

人类是这个星球上智商最高的动物。我们自诩为"万物之灵长,宇宙之精华"。我们不可能像那条王蛇那样蠢笨。然而在某些方面某种进程中,我们的所作所为,究竟又比那没有理性的王蛇明智多少呢?

行文至此,耳畔传来中央台的最新消息:国家环保总局首次评选出第1批7个"国家环保生态城市",苏南的张家港、常熟、昆山三市赫然入围。

从此行的考察来看,这3个城市的当选实至名归。而她们在环境治理上有一共同特点就是,切实落实环保一票否决制。多达数百项有损环保的项目,被她们坚决逐出于市域。这显然是源头治理的一条硬招。然而在大为赞赏的同时,我却又不免暗生隐忧——这一招对于局部环境固然善莫大焉,问题是那些被她们驱逐的项目,最终会不会又在某些尚患着"招商引资饥渴症"而急欲发展的地区登堂入室,从而对我们的整体环境构成新的威胁?

所幸,"全面、协调、可持续的科学发展观"的及时提出及其实践,为我们拓出一条明智而理想的途径。虽然还有个如何协调、如何确保科学、如何不懈努力的问题,毕竟让我们看到了那颗遥远而明亮的启明星。

借点水

"子在川上曰:'逝者如斯夫,不舍昼夜。'"

孔子喟叹的是流水般义无反顾的时间。其实那"奔流到海不复回"、大量白白流失的逝水,亦足让人叹惋。科学和现实早已证明,水不仅是地球上一切生命之源,亦是维系生命、繁荣种族和国计民生不可或缺的血脉。所以古来人类都逐水而居、为水而歌亦为水而战。有道是智者乐水,仁者乐山。其实一切生命都对水有本能的亲和。当然,这是在其平静温婉之际。水的天性是双面的,静如处子而动若脱兔,既能载舟,亦会覆舟。恣性肆虐起来,鬼神亦要为之战栗,人则或为鱼鳖。而水资源,尤其是淡水在地球上的分布极不均衡,我国亦甚。旱的旱死了,涝则涝死了。倘能天人和谐,"环球同此凉热",岂不要太理想?

水利应运而生。从远古的大禹到历代帝王,几乎无不重视水利,从某种程度上说,中国的文明史也可说是一部水利史。如乾隆皇帝六下江南，4次都在宿迁驻跸，为的就是督导黄淮水利。他还钦敕宿迁建了座我所见过的最宏大的龙王庙，殷殷之情可见一斑。但囿于时代和政治、科技、国力等因素的制约，古来的水利成就虽不乏鸿篇华章，总体成就还很有限。新中国成立后，尤其是改革开放以来，中国的国力和科技水平突飞猛进，水利成就才掀开了划时代的巨篇。典型的如三峡水电，还有前无古人的南水北调，都是"当惊世界殊"的杰出工程。而三峡的总投资是2000个亿，南水北调初步预算即达5000个亿！

早在开国伊始，毛泽东对水利的重视就提升到国家战略的高度，其对黄河、海河、淮河、长江等河域的治理工作做过的多次指示、题词举世共瞩。耐人寻味的是，毛泽东这位极具浪漫情怀和诗人气质的领袖，经常口出豪言，坚称人定胜天且"与天奋斗，其乐无穷"，"安得倚天抽宝剑，把汝（昆仑山）裁为三截，一截遗欧，一截赠美，一截还东国"……如此气魄盖世的他，在南水北调问题上，却体现出特别的科学与务实精神，出言相当审慎："南方水多，北方水少，如有可能，借点水来也是可以的。"他不说"拿来"，他说"借"；他不说"定能胜天"，而说"如有可能"。而借，则意味着协商，意味着对自然的尊重与讲求工程的科学性，还意味着天道好还。把南水"借"给北方并不是单方面受惠的，而是通过对水资源的合理整合，实现南北互惠的战略目标。事实上，南水北调的战略构想与实践，就是一个严谨而符合科学发展观的、立体而系统的全方位工程。如我省南水北调工程，通过开挖新河道，拓疏大运河，把富余水源济向京津的同时，不仅可极大方便北方的粮食、煤炭、矿产等资源南运，还在漫长而广袤的周边区域收获了旱可灌、涝可排、污可治、物可运的综合成效，实为一项漂亮而又利人利己的双赢事业。

因为充分尊重自然规律和实际条件，南水北调工程从1952年构想以来，历经了长达50年（其间也有政治干扰和各种合理争议因素）的缜密论证、筹备，终于于2002年在东线和中线破土开工。由于早在1960年代就有了引江北济工程，我省的南水北调成了全国先行者和初见成效者。全部工程按计划在2013年底完成，而当我有机会沿江都、淮安、宿迁、徐州沿线考察之际，欣喜地发现大部分工程已高质量而卓有成效地完成。水更清，河更宽，而星罗棋布的泵、闸、枢纽，大部分已投入运行。尤让我感慨的是，这项在江苏境内建设输水干线达404公里、修建9个梯级大型泵站群、扬程达65米的宏伟工程，表面上却看不到如大型电厂般的壮观设施，也看不到千军万马挑河工的热闹场面。这自然因为是机械化作业和工程将竣，也因其所有工程大都如同其巨型水泵一样，显露地表的仅部分电机、主轴、泵机、叶轮等百分之八十的设备都深建在负数层的水下。这让我联想到在淮安看到的一座铁牛雕塑，古人靠它来镇水，实际上起作用的唯有人。而铁牛无意中成了世代水利人埋首苦干而坚韧不拔、默默奉献精神的象征。正如一个老水利人说的："别人刮风下雨是往里跑，我们刮风下雨是往外跑……"

此言是矣！我在为南水北调这一历史性伟业欢欣鼓舞之际，亦对厥功至伟的水利人对国计民生的杰出贡献充满敬意。纸短情长，且再占四句，聊表寸心：

由来旱涝最桀骜，龙王束手铁牛沉；
而今春风度玉门，南水济得北国春。

歌者的故乡

1991年，我随"云南省内外作家采风团"赴临沧地区走访了半个月，回来写下此作。2022年底，我又自驾循当年路线重游临沧。本想再写点什么，读旧文却觉还是当年"少见多怪"时的观感更纯朴，而当年相对"落后"的见闻亦更觉亲切。故将旧作修订收入本书。

一、关于临沧，关于云南

人民画报社出版的大型画册《临沧》的前言，对临沧地区有精辟而全面的概述。兹摘录如下：

临沧地区位于中国云南省西南部，是通往缅甸和东南亚的重要门户。

临沧地区辖8县（现为1区7县——作者注），即临沧县（今临翔区——作者注）、凤庆县、云县、永德县、镇康县、沧源佤族自治县、耿马傣族佤族自治县、双江拉祜族佤族布朗族傣族自治县,总面积2.4万平方公里,国境线290.791公里,人口约200万。

临沧,一个古老而神奇的地方。沧源农克硝洞旧石器和耿马新石器的出土表明:远古时代就有人类在这里繁衍生息。3000多年前的沧源岩画闪烁着古代文明的光辉。永德土林千姿百态。沧源南滚河自然保护区的原始林莽里,有数不尽的奇花异草,栖息着长臂猿、孔雀、亚洲象群、孟加拉虎等珍禽异兽。

临沧,一个美丽的地方。这里有雄伟壮阔、气势磅礴的怒山山脉,有滚滚奔腾的澜沧江、怒江、大雪山。仙人山奇峰入云,万丈岩瀑犹如银河落九天,古佛洞琼英仙洞神奇迷离,广允寺、总佛寺巧夺天工。临沧气候宜人,冬无严寒,夏无酷暑,四季花开,终年如春。

临沧,一个多民族聚居的地方。汉族和佤、傣、白、拉祜、布朗、德昂等21个少数民族和睦相处,共同劳动生息,具有多姿多彩的民情风俗。

临沧,一个资源丰富的地方……

——许多读者大约也是如我一样,因为上文才第一次听说临沧这个地方,而她就在国人无不神往的旅游胜地云南省。历史、地理、文化等因素的种种局限,给临沧这颗名副其实的边陲明珠蒙上了太多尘埃,一个天姿国色的丽姝,至今仍待字闺中。我为她感到委屈。

这一点,是我从昆明出发到达此行第一站——临沧地区凤庆县时立即感受到的。是日,长驱数百公里,满眼是山,满目是树。突然间,仿佛从地底下冒出来,一座玲珑秀丽的小山城,亮亮地跳入眼帘。正值茶叶节,满街横幅彩旗,满眼红男绿女,且人都大方热情,衣饰非但毫无土气,有的还洋得晃眼,尤其是凤庆的女孩子,好漂亮,好窈窕,筒裙翩翩好动人。次日一参观,私下更汗颜,凤庆的经济实力和文化基础都相当可观。茶叶、皮张、核桃等产品,早已打入国际市场,每年创汇500多万美元。尤其茶,著名的"滇红"金芽菜,1959年便在伦敦创下每磅500便士的国际市场最高价。特级工夫茶获国家银质奖。1988年,特级、一级、三级工夫茶连获首届中国食品博览会金牌奖、银牌奖……

关于凤庆种种,限于篇幅,不再细述。在凤庆参加"四季茶"(凤庆四季产茶)品饮活动时,我即兴吟诵了几句大白话,算不得诗,却是当时真情实感之记录:

不再朦胧/不再缥缈/不再遥远/也不再是版图上那颗神秘而浪漫的星/不仅是滇红/不仅是孔雀舞/也不仅是筒裙和牛仔裙织就的/令人销魂的少女/临沧呵/你舞蹈着歌唱着欢蹦着爽爽辣辣地大笑着/突然间攫住了我/哦/千真万确呵/不是我走进了你/而是你闯入了我/俘获了我/不是我发现了你/而是你振臂一挥/令大山远退/命云雾敞开/把一个鲜香水绿的云南/一个真实完美的云南/响响亮亮地捧在我眼前/不止是西双版纳/不止是春城飞花/不止是大理三塔/还有你临沧/和一个关于你的明天的/不再

朦胧不再缥缈也不再遥远的梦……

二、行路何太难

不能仅怪人们孤陋寡闻，也不能仅仅理解为宣传不够。假如把临沧比作一块璞玉，裹住它的，便是那万仞大山。假如把临沧比作一位被困的少女，锁住她的，便是那可厌的交通！确实，无论从哪方面看，临沧的经济发展和知名度，都与她应有的状况不相匹配。而制约临沧的诸多因素中，交通闭塞不能不说是核心因素。我们沿海地区经济文化之所以发达，得天独厚的交通条件乃是先决优势。那么，临沧的交通不便，行路难，究竟难到什么程度呢？可以这么说，驱车去临沧，好比骑在陀螺上打旋旋，左旋右旋，上旋下旋，近千公里的路程，几乎尽是山路。汽车总在顺着一座座大山打转转，公路总像是堆理不完的猪大肠。而上山也罢，下山时，车速稍快，耳朵还嗡嗡响，宛如飞机降落时的感受——纬度骤降，耳压增加之故也。

习惯开平原车的人，初到此地，想必会像没走过独木桥一样，需要有一个心理适应过程。与我同车的湖北柯君就由于不习惯，一直正襟危坐，目不斜视，且几次与我换座，以避开靠近悬崖的一侧。老实说，尽管我去过青海、四川，此行仍有些紧张。尤其弯道上，似乎一边的车轮已悬在万丈空崖之上了，能不毫毛倒竖？

话也得说回来，公路险则险矣，也绝非事故的同义语。最要命还是许多地段路况太差，黄尘滚滚，又极狭窄，司机的艰辛就不去说了,车速岂能上去?运输自然也难以为继。临沧经济的发展与外界的沟通也就必然受阻。作为一个工农业总产值连年居于全国前列的江苏人,我也曾对江苏每年上交国家财税巨万而啧有烦言。置身此地,从临沧、从全国一盘棋角度看,我又不能不生出一种理解,感到一种必要了。如果国家不从发达地区调集资金来扶持边远山区,仅靠临沧或云南的力量,要改变这儿的面貌,仅交通一项,就简直是不可能的。因此,我情不自禁想鼓与呼一下:行路难,难忘临沧路。君若爱临沧,先修临沧路!

(补叙:2022年我能从昆明单车独驾重走临沧路,即已说明,现在云南全省乃至临沧的道路已是"天堑变通途"了。而且,而今云南不仅道路已高速化,各个地级市都有了支线机场。前后对比,感慨系之。)

三、"看傣族姑娘去"

云南之令人神往,很大程度上是因为她是个多民族聚居的地方。"越是民族的,越是世界的。"而少数民族特有的文化、习俗,对我们的吸引力是巨大的。全国各少数民族,云南大部都有。而最著名者,莫过傣族了。首先,这和新闻文艺及口碑等传媒有很大关系;其次,傣族著名节日泼水节及其他特色的确很有魅力。因而傣族,尤其是美丽窈窕的傣族姑娘,便几乎成了云南的一种象征。

记得接到通知时,我眼前立刻闪现一幅朦胧而美丽的画面:青青的香蕉林,高高的竹楼,一群衣着艳丽的傣家女子,头戴尖顶笠帽，翩翩走向夕阳染红的江边……

多年前，我见过袁运甫表现傣家风情的著名油画《泼水节》，印象很深。想亲眼看看傣家姑娘，也许便成了一种潜意识，以至我到家后就兴奋地对儿子说"爸爸要到云南去，看傣族姑娘去喽"。想不到，看傣族姑娘竟也是此行多数成员的热望之一，到了耿马傣族佤族自治县孟定镇是当天傍晚了，大家酒也没喝几口，匆匆扔下筷子，便一伙伙地直奔镇外，"逛寨子"去了。

顺便说一下，要说看傣族姑娘，即欣赏傣族风情，一般总以为要去西双版纳，这实是对临沧不了解之故。临沧也有许多正宗傣族聚居之地，孟定便是有代表性的地方。若从文化、旅游角度看，孟定的傣族风情较西双版纳是有过之无不及的。因为这里尚不太为外人所知，内地的影响也小得多，原生态意味无疑要胜于早已是旅游热点的西双版纳的。

孟定是一首诗、一轴画、一个美丽而浪漫的梦。

她海拔低，多坝子（平原），典型的亚热带气候。有史以来，终年无霜冻，气候炎热，土地肥沃，水利资源丰富。许多作物可一年三熟，尤适种植大豆、橡胶、胡椒等经济作物，故为临沧和耿马的主要粮胶产区。孟定的民族风味又特浓，当地的民族就有12个，而以傣族为主体民族，人口达2万人。故又可以说，孟定是一个傣族风情的活标本。

那是一个极富诗意的傍晚。由于时差，快八点了，夕阳犹自倚在西边的山脊上，吐出最后一缕缠绵。大地朦胧而苍红，极静谧，极淡远。一出镇口，便是一大片群山环绕下的青绿稻田。一条清澈的大河静静地流过山脚。河上架有长长的竹桥，三三两两的傣族男女，鞭着牛，荷着菜蔬，悠悠地过桥回寨去。而他们的寨子那永寨，则在棕榈芭蕉木瓜树的围护下，向我们作着遥远的微笑——在这样一幅典型的田园风光上，最惹眼是什么呢？当然是傣族姑娘！

傣族姑娘的服饰实在是太鲜明了。即使在田间劳动，她们也穿着红黄蓝紫等色彩鲜丽的筒裙和同样艳丽的短衫，头戴尖顶笠帽，腰间还系一只小巧的别篓。奇怪的是，色彩如此大红大绿，却并不给人艳俗之感。最引人注目的是她们的身材。早听说傣族人从小就十分注重女性的形体养护，信哉斯言。我见到的傣族妇女，面貌不论，身材大都苗条婀娜，加上穿筒裙使然，走起路来一个个袅袅婷婷，楚楚动人。看她们挑着担子相跟成排地行进在田间的姿态，则简直是艺术的。她们担筐不像我们用绳子，而是直接用长棍穿在筐耳上，因而担筐齐及腰部，挑起来有种轻盈之感，远远看去，宛如一队姑娘在踩着别具韵味的舞步……

傣族姑娘热情好客，大方而有些腼腆。我们请她们照相，看得出她们愿意，但往往要推诿一番，原因在于她们认为照相是漂亮人的事，她们既希望自己漂亮又怕自己不漂亮，推诿的过程，实在是在揣摸我们对她们"漂亮"的肯定有多大诚意。一旦确信是真，便欣然首肯了。

我与《山西文学》的燕君从一家竹楼下来后，一时找不到出寨之路，适好碰见一位年轻的"比郎"（已婚妇女），便向她问路。她微微一笑，让我们随她去。但近前一看，我们立刻意识到了什么。她挽着个红塑料盆，盆内有毛巾内衣之类，显然洗澡去。我们迟疑了，她却又向我们含笑示意跟上。于是我们就不远不近地跟着。

刚拐过一个弯,耳中先飞来一片笑声和傣家妇女惯有的呜罗罗罗的嘘叹声——一幅淋浴图已展现在我眼前。

几个竹楼中央有一口水井,七八位傣家女边洗澡,边嬉笑着。见了我们呜罗罗罗声更多了。是嘲笑?是欢迎?还是羞怯?一时分不清,总之不是抗议。某种本能却使我产生一种回避念头,结果是目不斜视,奋勇向前,快步越过井台,反惹得身后又飞来一串调笑。

其实,我们及别的人看见的都非公开裸浴场面。我相信,袁运甫的组画原是一种艺术加工,或者至少现今已少有那种情形了。因为傣族女子的服饰给她们在户外洗澡提供了独特的便利,她们是着筒裙沐浴的。

神秘不再神秘。但一进临沧,整个地就像进入一个新鲜而神秘的大光圈中,人人都说自己醉了。确乎,一个新鲜接着一个新鲜,一个神秘套着一个神秘,能不醉乎?更新鲜更有趣的还在后头呢:当地将安排我在傣家寨子里与她们同饮共欢,度一个正宗的傣族泼水节。

四、泼给你幸福,泼给你爱

知道泼水节的人很多,写泼水节的文章也不少见,毕竟我有我的切身体验,所以也别有一番喜感。

泼水节,泰国等东南亚国家和我们的傣族人民一年一度迎新送旧的最盛大节日。相当于汉族的春节。日期在傣历六月下旬或七月上旬（阳历四月中旬）。节日共三天。第一天为除夕，傣语叫"腕夏利"，即休息天，赶小街作节日前之准备。第二天叫"腕脑"，意为"魔鬼尸体腐烂之日"，是人们淋浴之日。第三天为元旦，傣语叫"腕马"，即"日子之王"。这天清早，家家都做饭菜一桌，并到街头广场举行庆祝活动。下午青年男女则用碗或小箩到河里抬沙，排成队伍，敲着象脚鼓到佛寺堆沙，以求风调雨顺、五谷丰登。之后，人们除互相泼水庆贺外，还举行盛大联欢活动。我们在耿马县城亲历了开幕式，欣赏了象脚鼓比赛、夏秧舞等极富民族特色的土风舞和现代的霹雳舞的同场演出，感到别有一番意趣。

　　感谢东道主的精心安排，我们在耿马县城和孟定镇两度领略到了道地的泼水节的独特情趣。还两次下到寨子里，几人一组在傣家用饭，与傣族乡亲泼水同欢。那份热闹与陶醉是难以言传的，非亲历者不能尽其味。比如，我们正在一户竹楼上吃着饭，忽然就有好几个"卜哨"（姑娘）提桶携盆上了楼，未等回避，颈背上一阵阵冰凉，待你哇哇跳将起来，早已是十足的落汤鸡了。这还不算，饭后下楼，要想"平安"离去可是办不到的，楼梯下、村关道上，处处有人把守着，不挨上几盆水，安能过关？若说泼水节的情趣，主要也在这里，人无论大小，亦不论生熟，均可向你泼水，你也尽可向其泼水，尤其是你喜爱的漂亮女孩或英俊小伙，尽可穷追猛打。即便在自家的汽车上，你也得小心地关好窗，不然准叫你连人带座一塌湿。呵，花花绿绿的筒裙，大大小小的盆桶，欢天喜地喧闹，嘻嘻哈哈地追逐，那份刺激，那种氛围，不由你不记得一辈子！

泼水的起源与宗教有关，原意似乎还有涤荡罪恶的成分。但至少现代，我们感受到和实际象征的，恐怕纯然是一种美好的祝愿与赐予了——泼给你的不是水，而是爱，是幸福，是尊重，是最美好的言辞也不可替代的祝福。所以，尽管衣服一身一身地湿透，心里却一阵一阵地欢悦。谁不希望自己被人爱，受人尊重呢？而没人泼你的滋味，那才真叫是悻悻然呢。特别有趣的是人的特定心态，尽管人人渴望被人泼，却人人要闪避，似乎真的害怕。这样一种特定的心理氛围又给节日平添了某种独特的效应。

泼水毫无疑问地更是一种青年男女之间倾诉爱慕的特殊语言。我暗中观察，中老年人泼水的并不多，且主要是斯文的象征性的，小孩子们多则多矣，还举着水枪见人就射，却纯属凑趣。而除了对客人，同性之间几乎是不泼的。习俗就是男泼女，女泼男。常见几个小伙或几个姑娘揪住一个姑娘或小伙，大桶大桶地泼呵，热热辣辣地笑呵，那份情，那份意，怎一个爱字了得！漂亮姑娘或英俊小伙，在这几天里要几度透湿，有几多欢悦，谁能胜数？谁能度量？

由泼水节，我想到许多少数民族特有的火把节、对山歌之类盛会，形式各异，其内涵，我揣摸是差不多的。无论意蕴如何，总含着一种给年轻人一个无拘无束地男欢女爱的味道。仿佛他们的老祖宗早就有过一个宽厚而仁慈的约定：一年过去啦，又一年开始啦，青年们哪，给你们几天时间，好好乐一乐吧，把你们的"力比多"尽情释放一下吧，让你们那颗疲乏而渴慕的心，畅快沐浴一下爱之甘泉吧——宣泄吧，欢乐吧，尽情尽意地爱吧！没人笑你，没人骂你，还敲起铓锣，打起象脚鼓，为你们伴奏,为你们助兴呐;你呵你,何乐而不为!

这样一种节日,这样一种狂欢,这样一种享受,叹乎我们的汉家鲜有。同是过年,大鱼大肉,大操大办,大轰大嗡,大灌大醉,最后一个个饱嗝连连,倦意绵绵;而话,可仍得小心着说,心,那颗被庄严纯洁高尚的种种礼教包严裹实了一年的心呵,又可曾得着一回真正的放松?

我们也会有"泼水节"么?

五、欣赏与随想

我的相机帮我捕捉了许多珍贵的画面。在欣赏照片时,许多友人惊异于这样一个现象,其中不少是与姑娘们的合影。坦率地说,作为一个男性,美丽多情的女性对我无疑是有吸引力的。但促使我照了这么些合影的主要原因却在于,这些少数民族女性的服饰是那样美那样鲜明地体现了民族特色。作为一次异域之旅的纪念,与她们的合影自然是最理想的选择了。

这就涉及我此行时时感受到的一个小小的遗憾。即作为一个民族外在标志的服饰,在临沧的男子身上几乎已是荡然无存了。除了偶尔看到佩着佤刀、裹着头帕的阿佤汉子和仍留着文身习好的少数傣族男子外,你已经无从以服饰或外观来判断一个男子是否是少数民族了。我无意对这样一种"同化"现象置评。我对此遗憾却又能理解。所幸,汉装的简便虽能将少数民族的男子吸引,但对女子而言,她们追求美的顽强天性,她们本民族的服饰集装饰美与工艺美于一体,并兼有作为一个女子才干反映的基本特点（自制服装仍是女子们的一门"功课"），是较难被汉文化完全同化的。相反，近年来它们在一定程度上"反弹"着汉文化。君不见大街上，招摇过市的汉家女，也有人喜挎民族包，爱着蓝印花布衣么？

特色，强烈的特色之于服饰是如此重要，之于其他，尤其是文化艺术，又何尝不是如此呢？

由于习俗的、宗教的以及封闭导致的精神生活相对贫乏等因素的综合作用，少数民族大多能歌善舞，这已是世人之共识。我敢断言，如果说少数民族地区的经济文化水准在一般意义上相对落后于汉民族的话，那么，他们的艺术，尤其是歌舞音乐是毫不逊色甚至有许多超乎汉民族的地方的。原因之一就在于：这是极富个性的、原生态的、土著的、淳朴而自然的，同时又是极大地体现了艺术之"原质"的艺术。

所以，我视多民族的云南为"歌者的故乡"。

此行，我们在文艺方面的享受也是十分丰富的。除了多次与少数民族同歌共舞外，我们先后在凤庆、沧源、耿马三处欣赏到了县文工团的精彩演出。还在孟定欣赏到了纯业余的各民族各村寨的同台演出。其中尤以孟定和沧源的两次演出对我心灵的冲击最强烈也最持久。

具体描摹演出盛况不是本文所能及的，姑且谈谈当时的某种直感。

作为县级文艺单位及群众业余演出，你不能以学院式的艺术标准去衡量他们，且我看到的还不属于他们的最高水准。据说，沧源文工团的那台演出可能因为部分演员紧张，还出了一些小事故，但这些都没引起我注意。我依然受到了一次深刻而"原始"的精神震撼。尤其是现场观看沧源的《木鼓舞》时（该节目曾赴京演出并获创作奖和集体演出奖），那巨大的木鼓在粗大的木棒槌击下发出的浑厚深沉而幽远的沉吟，配以小伙子们高亢奔放的呐喊，以及姑娘们那前仰后合、一下又一下刚健有力而又柔美地甩动着的一头头瀑布般的秀发所迸射出的感染力，何等紧迫而不可抗拒地穿透了我的魂魄！我分明又听到和看到了一个民族渴望美、渴望幸福和竭力创造美、创造幸福的肺腑之言和热切企盼！值得一提的是，甩头发这一极富艺术感染力的动作，是该团的首创。是她们的秀发甩动了云南的舞坛，进而又成了亚运会上那支动人的《黑头发飘起来》的歌舞曲的楷模。这不能不说是佤族人的一大骄傲！

　　孟定的那台演出，是我此生中欣赏过的最美妙最高水准的群众业余演出。演出者全是村寨上的村民，也有少数学校、机关人员，但全是业余的。前面说过，孟定是个多民族聚居的乡镇，因而这台演出便成了一次多民族文化的汇展；而不加雕饰的本民族服饰，淳朴自然的民乐民歌、民间舞蹈，更使节目具有了鲜明的"土风"色彩。无论是傣族舞的典雅斯文、景颇舞的沉静质朴还是佤族舞的热情豪放，无不鲜明地体现出本民族的性格和气质。这样一台罕见的特色加特色、古朴又自然的演出，能不令我们这些异域来客心醉神迷、叹为观止么？

　　由是，我也更为信服"越是民族的，越是世界的"这一论断，以至我后来不断地与地区文联的同行谈起我的感受。我不无羡慕地深信：作为一个少数民族地区的文艺工作者，某种程度上说是幸运的。这里绝对是一座得天独厚的艺术宝库，是"歌者"的"故乡"。只要稍加发展，稍加创作升华，完全可能创作出叫响中国乃至世界的艺术珍品。反之，倘若太追求"汉味"或"洋味"，则等于弃长就短。事实上，云南的《阿诗玛》《五朵金花》等蜚声海内外的艺术佳作，其成功之要诀，不就在于它是鲜明的民族特色和一定的艺术强化的产物吗？世界艺术史上，大器晚成的高更，走向塔希提后，塔希提风情被他在画中注入了"原始"自然的独特风韵，使其一举成为后印象主义大师，亦是生动的一例。不仅是艺术，其他如文学，也是大有潜力、大有用武之地的。前提是要有一种现代意识的灌注、催化，要有一种高屋建瓴的思想眼光和新颖的、合乎该民族特性的艺术手段。纵观世界文坛，拉美文学大爆炸，不就是拉美作家在一定的时代精神背景下，充分发掘拉美传统文化并"魔幻"之、"变形"之而形成的结晶吗？

再如，工艺美术品及服饰，我们这些来宾中，有谁不曾为富有民族特色的精巧美丽的工艺背包、阿佤裙等大声赞叹慷慨解囊的？因此我联想到并注意过这样一个问题：虽然此类产品颇受欢迎，却只有很少的本地厂家生产。在孟定，我也注意到，傣家女身着的艳丽的筒裙布料，大多是内地或缅甸产的，为何当地不办厂生产或加工呢？倘若如此，那主要意义就不只在于发展了本地区的经济，更重要的是，这是一条弘扬本民族本地区优良传统的大好途径。

六、难忘今宵

该怎样描述那个神秘而浪漫的阿佤山之夜？

太阳。对，就从太阳说起吧。云南的太阳特别亮，这是我踏上昆明的第一个印象。的确，云南属高原地区，昆明海拔约1886米，距太阳相对较近，感觉就特别亮。而夜晚呢？当我置身更高的阿佤山区，抬头一看，也感觉满天星斗分外的亮、分外的大、分外的低，仿佛触手可及。我立即想起阿佤人的眼睛，许多人都注意到这点，阿佤人的眼睛多是又大又黑又亮，像这迷人的星星。而阿佤人的肤色多为棕色，又黑又亮又苍劲，或许也是高原日照强之故？

> 村村寨寨
> 打起锣，敲起鼓，
> 阿佤唱新歌……

四五十岁以上的中国人，几多不晓这首歌？此夜，我就置身于这歌者的故乡，这神秘而富有魅力的阿佤山。我的口齿尚存着阿佤人待客的最高佳肴鸡肉烂饭的香味，我的血液里正沸腾着甘甜清香的阿佤水酒，我双手正挽着热情奔放的阿佤少女，我的双脚正踏着芦笙和阿佤人的心音翩翩起舞，我的情怀能不如篝火般熊熊燃烧？

那是1991年4月12日，地点是沧源佤族自治县帕良寨——为了欢迎我们这些来自天南海北的客人，热情好客的帕良乡亲人人盛装、个个踊跃，精心准备了整整一天。平整场地，梳洗装扮，破例为我们准备了一个过年般盛大而隆重的打歌晚会，使我们享受到一个诗与酒般神奇而浪漫的狂欢之夜。

相对于傣族，我们对佤族的了解恐怕就不多了，大致了解一下沧源，也就对整个佤族有所了解了。

云南位于祖国西南，临沧位于云南西南，沧源则是西南中之西南。这是一块紧傍缅甸的神奇土地，雄伟壮丽，富有层次的阿佤山区不但有著名的原始文化遗迹——沧源崖画，还生养繁衍了一个神秘而古老的民族——佤族。佤族，南亚语系孟高棉语族佤德语支。据说与德昂、布朗族共同源于汉晋时云南古代濮人。文献记载他们"勇悍矫捷"，是南诏古国军队的主要力量、"历充前驱"。他们有个美妙的传说：阿佤人是由小米雀啄开一只大葫芦从里面走出来的。跟着出来的是傣族、拉祜族和汉族。所以，不少佤族首领便自称"葫芦王"。明清之际的汉文典籍里就有了"葫芦王地"之称。

与其他兄弟民族一样，佤族整个社会历史的发展，既有生动传奇的诗感，亦不乏粗犷雄悍的力感。二者雕塑了阿佤人热爱生活、创造生活、真诚古朴的主体性格。沧源崖画上先人舞蹈、狩猎祭祀等场景也生动地解析了这一点。

然而，由于种种原因，仅仅40年前，阿佤山还是一片瘴雨蛮烟。人们刀耕火种，刻木记事，部分地区仍保持着砍人头祭谷的陋习。所幸，如今这一切已成为历史。随着新中国成立后民族文化教育事业的蓬勃发展，大批佤族知识分子成长起来，工农业和其他行业大大兴旺，佤山破天荒地有了中小水电站和煤矿、水泥厂、茶厂、虫胶厂、制革厂等大批工矿企业。虽然横向比，佤山仍属不发达地区，但纵向比，经济文化水准确已有了划时代的巨变，并随着改革开放进程的加快而呈现出日新月异的前景。

然而，现代文明与汉文化的影响无论多么强大，有着悠久而深远的历史渊源的阿佤民族文化的基本特性及热忱淳朴的民族个性仍保有强大的生命力，美妙的帕良之夜便是一个形象的佐证。

车队进寨了，我们看见了什么？

一派浓郁、庄严而隆重的欢迎气氛远远地袭来。一些腰佩佤刀、肩扛长枪、手持号角的阿佤汉子，早已在寨口公路上肃然迎候了我们好几个小时。我们一到，顿时鞭炮大作，鼓乐沸起。沉沉暮色里，上百位阿佤乡亲着民族盛装、行隆重礼仪，夹道于寨口，一一握手，殷殷迎候着我们。许是在沧源的两天里，我们已感受到太多、太多的挚情，以至我时时有当之有愧之慨。此刻，握着那一双双粗糙而劲健、山岩般古拙的热手，望着那一张张黝黑而诚挚、历史般凝重的脸庞，我的心——岂止是因为"受宠若惊"，岂止是因为真诚的感应，不不，令我的心为之悸动、为之潸然的是一种莫名的震撼，一种无言的撩拨，一种幽远而深沉不可抗御的呼唤！是对人类远古的亲切而伤感的重温？是对自己至亲的深刻而明晰的认同？我仿佛握住了我的父辈的双手，我好像看见了我们先民的慈容，我似乎突然读懂了那神秘而古老的沧源崖画，我恍若成了云南元谋人的一分子。我莫不是在做一次划破时空的神游？我莫不是在破译一部极古极老的史籍？我的生命在瞬间获得了一个辉煌的完成，人类的本质在刹那间展现了它的某种极致……

神圣的宗教礼仪在长老的虔诚中完成了。"打歌"的韵律从悠扬而深沉的芦笙中旋起——它永远地录进了我的音带，也永远地录进了我的大脑皮层。那不是舞台上和乐器厂奏出的芦笙，而是地道的佤族文化的产物，是阿佤人诚挚心灵的自然纯净的吹吟。它如歌如泣，它若吟若叹，它如诗如梦，而我，如痴如醉……

月亮在半空，舞者在半山。云雾在欢乐中，挚情在手足间。

男男女女，老老少少，手牵手，肩并肩，里三层，外三层，围着吹奏的汉子们，踏着刚健明快的节拍。如此简单的形式，完成的却是人与人之间最亲密的沟通。如此古朴的娱乐，传递的却是现代人最复杂的情感。"嘿歘哈""嘿歘哈"！鲜明的特色，独特的神韵，浓而又淳的人情味呵，融合了天，融合了地，融合了你，融合了我……

有个小插曲，可谓微妙而传神地展示了少数民族所特有的某种性格断面。

舞至高潮，一位年轻的佤族妇女，解下自己缠头的红饰带，当场献给了我们的团员老蒋。顿时，掌声大作，欢呼雀跃。即便不谙如我，也能明白老蒋获得的，不仅是长长的红饰带，而是一位异性纯真的爱。而这样一种勇敢而真率的爱之表达，谁不理解，谁不赞赏，谁不为之动容？

与我共舞的两位县文工团的女孩，则给我留下另一番美好记忆。她们是佤族姑娘。星光下，她们那棕色的肌肤，黑白分明、热情率真的大眼睛，闪烁着野性而美丽的光泽。而她们热诚如火真挚如冰的内心又如水般坦荡，如风般爽朗。我们似乎早已相熟，又似乎兄妹重逢，笑得酣畅，舞得欢快，谈得淋漓。而在我们的手臂间，真诚在回流，友情在传递，更有一份超乎种族、性别和年龄，在我熟稔的生活圈里所陌生的坦率与纯真，源源流进我心田——其中一位叫燕茸的20岁女孩，更给我留下深刻的记忆。和大多阿佤姑娘一样，她棕色的脸庞上有一对星星般美丽而明亮的大眼珠，闪烁着野性而迷人的光泽，所不同的是她为了跳黑发舞，留有一头垂到腰际的浓密黑发。她的性格也和大多阿佤姑娘一样热情而奔放，交谈中她告诉我，她还有个汉名叫鲍秀珍。作为县文工团的舞蹈演员，她到过东南亚、昆明、北京等好些地方演出，就是没到过内地。她对南京几乎毫无所知，只知道有个长江大桥，她还叫我不要急着走，随她到家乡寨子去玩玩……

　　如果我们的接触到此为止，我对燕茸的印象也许也就和大多数萍水朋友一样而已了。幸运的是第二天晚上，县委让文工团为我们准备了专场演出，使我对阿佤民族和燕茸更生出刮目相看之慨。演出依然极具特色，精彩极了。尤其是《木鼓舞》中，燕茸及团队姑娘们，那前仰后合、一下又一下刚健有力而又柔美地甩动瀑布般的秀发所迸射出来的感染力，又一次不可抗拒地穿透了我们的魂魄！意外的是，演出将终的集体舞后，台上十几名演员每人捧着一竹筒阿佤水酒走下台来敬给来宾。而燕茸举着竹筒径直走到我面前，微笑着行了个佤族大礼，将酒递给我，同时充满真情地低低说了句："再到我们佤山来哟。"那一刻我真正地感到了一种难言的况味。明天我们就要离开沧源，而阿佤山和南京关山重重，相去何止千里？再见面的可能几乎是不存在的了。但我仍然重重地点了点头，举起杯来，一饮而尽……

顺便补一句，我回来后，曾和燕茸断断续续地有些通信联系。只是再见的可能却始终渺茫。但燕茸每年总给我寄来些本寨产的佤山茶。使我多多少少地又品味到当年的温馨。燕茸，你的黑头发还那么潇洒，那么美丽么？此刻它又飘甩在何处呢？

写到这里，已是午夜。我放下笔，熄了灯，想让心情重归平静。不意一泓月光悄然泻进窗来，亮亮地洒了一桌。抬头一看，呀，今夜的月亮如此皎洁！此刻，万里之外的阿佤山上，不也闪亮着同一轮明月吗？

我愿借月光，把我对阿佤人的祝福，洒遍阿佤山上的每一棵小草、每一朵野花……

憩 园

傍晚，我在山野徜徉。

天已灰暝，一片悄寂。令我感到一种诱人的神秘，却又辨不清是何意味。环顾周遭，连绵青峰上密集的竹林在晚风中摇曳。山谷间则有两汪青绿的潭水，仿佛两只好奇的眼眸，仰望着浮出山脊的半轮新月。杂于村舍周边的纵横菜地尤让我喜欢，那生机勃勃的各式菜蔬显然还无睡意，它们在交头接耳。而人家塘边的鸡鸭已早早入窝。只有一对饱阅沧桑的老鸭，莫非是一对情侣，还在池水中悠悠地依偎着。

我轻轻叹息一声，意识到我也该回"家"了。

其实这不是我的家，而是我在这名曰"青峰仙居"的民宿中的临时逆旅，但那可是大大胜似我在都市的家呢。客房宽敞豪华，一个自称"小杜"的机器人管家，亲切地听从我的要求，为我打开明亮的房灯，启动空调，合闭窗帘。我舒畅地躺上柔软的沙发，几乎不敢置信地打量着房内的装设，床褥、茶海、桌椅、浴室乃至自动冲洗马桶,每一个细节都如此精致、高端。不是五星,胜于五星。那么,屋外我刚刚饱览的山野和乡村风情,只是我的幻觉?

当然不是。这正是"青峰仙居"的妙处。她将现代化的生活、休闲要素,精巧地嵌入古朴的传统风情之中。这里原是溧阳戴埠镇青峰山脚下一个叫王家村的小乡村,数年前,一位名叫周旭蛟的年轻人,辞去公职,和他那富有造园技艺的老父亲一起,倾尽全部财力,呕心沥血地构造了"青峰仙居"。他们将理想中的现代化酒店与古老的田园环境有机地结合在一起,使得封闭的王家村和现代化高档酒店散点交融,互为表里地为都市人提供了一个既能寻梦、怀旧,又能享受、休闲的绝佳去处。不能不钦佩这两父子的胸襟和胆识。当初他们投下巨资之时,谁能确信他们就能创建出今天这地上的"仙居"呢?罗丹说"对于我们的眼睛,缺少的不是美,而是发现",而对于发现,缺少的同样不是美,而是眼睛——周旭蛟父子若无一双有智识、有理想、能洞悉生活之美的慧眼,焉有今日之成果?

老子在其《道德经》中推崇过这样的社会理念:"使有什伯之器而不用;使民重死而不远徙……甘其食,美其服,安其居,乐其俗。邻国相望,鸡犬之声相闻,民至老死,不相往来。"

我理解老子的苦心,却断不敢欣赏这种近乎偏执的生活方式。因为我是人,而人类作为这个星球上最具灵性的高等生物,先天就有一种文明、进化的追求,先天就有享受物质文明即不断现代化的意愿。"青峰仙居"诚然有着天上仙境般的美妙,但若仅止这点,或令我终生漫游在云缠雾绕的天庭里,终究还是有大缺憾的。试想，炎炎夏日，玉皇大帝也只能靠仙女为他老人家摇扇纳凉，何如我在地上怡然享受空调电扇来得舒适？显然审美也罢、生活方式也罢，终究还是不能偏废，来得平衡一些为好。即我们不妨适应人类天性，尽情享受华服美食、汽车别墅，同时也满足几千年来就如基因般潜伏在我们审美天性中的"仁者乐山，智者乐水"，即老子描绘的古朴生活愿景的"乡愁"，岂不更妙？好在"青峰仙居"在很大程度上契合了我的理想。这里既有仙境般的田园诗意，又有着最现代化的高端居所，小憩于此，真不要太快哉也！

毕竟，在现代化过度耗损我们的精力、高速发展的都市挤迫了我们的生活空间时，每个人，在他人生的旅途中，无论背后的烟云有多浓厚，无论脚畔的收获有多丰硕，抑无论前头的景致有多繁喧，在他心灵深处，最渴望的，往往又不过是一小块澄澈清宁的净土，像他故居的老屋，似他记忆的童年，好供他疲了、乏了、累了、烦了或喜极悲绝时憩一憩，静一静，想一想，缓一缓……而现代都市中，又有几多这样的净土呢？而王家村，又多么宜于作为我们心灵的憩园呀！

至于崇尚和需求这样一个憩园的原因同样简单，因为我们是人。一个人，如《圣经》所言："来自泥土，终将回归泥土。"而一切有情亦无不诞自"泥土"，一切诞自"泥土"的生态无不令我们有本能的亲近。

顺便提一句，当我离开王家村时，正是晌午。秋阳与村庄周边树梢上萦绕的炊烟，融合成一幅静寂的水墨画，徐来的清风里有菜园的清香和鸡鸭的欢喧。这原是极普通的一幕，然不仅是我,所有同行者几乎都情不自禁地引颈叹息:"好美呀!"

这就是诗意。而诗意乃生活之盐。其形固千变万化,其根则断不能离弃"自然"。

天涯孤旅

我好自驾游,且喜"独乐乐"。那份大自在与独特体验,非"同行"不足与道也。有点遗憾的是亲友不太理解,或忧安全,或虑怪异,甚至还疑我有他。对此我的回答是:"这原是萝卜青菜各有所爱的问题。"人生在世,总得有点个性化求索,而生活中不如意事常八九,你高卧家中也可能猝死。太平年间之独旅,较之家常生活并无太多危险,大胆、谨慎便是。

其实我发现,世间与我"同志"者并不稀见。有回在贵州荔波,见紫藤花下有两人对弈。路边停一半新旧雪佛兰,司机坐在小马扎上,一边观战一边大声指导。那一口浓重的南京腔让我莞尔,于是便上前搭讪。那个60开外、满脸浓须者(他道是留须好省剃须麻烦),知我是乡党兼自驾者也大为动情。他的癖好则让我对他刮目相看。原来老伴去世后,他长期缓不了,终日闷头凄伤。虽只五六千退休金,想想在哪儿不是过日子,于是独自"穷游"已有多年,而且每次出游至少三五个月。为省钱,他难得住回宾馆洗把澡什么的，平常则把小车后排座椅拆了，铺上被褥枕头，开到哪儿蜗居到哪儿。但他的车里收拾得很是整洁。手机托、充电线、影碟机一应俱全，还有一大堆方便面和热水瓶、小马扎。"风景嘛看多了也不过如此，看看别的地方别的人，都怎么活的才有意思。"他如是说。

还有一回更让我自叹弗如。在川南一服务区，我停车下来，见一30岁模样俏女子从里面出来。她细高挑身子，却无一丝孱弱相。相反，她那顾盼生辉的眸子里，和蓬松高耸、脑后用红皮筋扎起的马尾辫，透着的是几分傲气。见她欲进我身旁一路虎越野，而车上并无旁人，且车牌是浙江的，我脱口问了声："你一个人出来的？"她上下打量我一眼，点头道声"是的"。我便问她去哪儿，竟是要上拉萨。我暗自叹奇，心想这准是个有故事或有什么特殊心路的人，否则这等年纪一个女人家，应是有家有儿女之人，怎就孤身一个浪迹天涯了呢？好想多套问几句，可是她淡然一笑，说"我习惯了"，便发动引擎，挥挥手绝尘而去。

正是夕阳欲下之际，我望着她车前方那圆桌般硕大、染遍天地的红日，想起她那被风霜打黑、说起话却唇红齿白的面庞，顿觉五味杂陈。没准我也犯了经验主义错误，就凭她那辆豪车和不俗的举止看，恐怕人家在家也过得好好的，只是想活得更精彩、更有意趣而出来见世面而已。再想想，自己虽不如她有气魄，不也想改变点什么吗？实际上，正所谓人挪活、树挪死，有可能常出来看看总是没错的——这世上每时每地都发生着多少耐人寻味的人和事，演绎着多少别具风采的活法呀，而哪一种不够我们叹赏乃至受益呢？

不合作的我

旅游无疑是人生一大快事。它也像极了人生,预期比实际美好,过程比结果重要。其中充满了期待与憧憬,充满了好奇与满足,同时也不可避免地充满了疲惫与挫磨,充满了期望与现实的落差,甚至还有难以预料的意外和纠讼。

不管怎么说,很少会有人不喜爱旅游,尤其是在时间和条件允许的前提下,得着个到一个神秘或未曾涉足的地方去观光的机会,恐怕没有人会为之皱一下眉头。且不说读万卷书、行万里路是人生之大境,仅仅从满足审美和好奇心看,谁个会不乐意到哪儿去乐上一乐呢?何况它还休闲,还放松,还时尚,还探幽揽胜,调剂润滑我们枯燥而机械的人生哪!

所以,旅游事业便没遮没拦地、如火如荼般方兴未艾。所以,无论是煌煌都会还是偏远小镇,无论是名山大川还是幽幽古漠,到处飘拂起红红黄黄的小旗,到处攒动着昆虫般密集的游客。谁不知道旅游业是国民经济一个越来越强劲的经济增长点呢？哪个地方会不使出浑身解数来广为招揽呢？而且越古、越远、越穷、越僻的地方就越有号召力，因此也就越需要有人组织、有人引领或曰导游。

于是，绝大多数旅游者便也自然而然地成了某某旅行团的一分子，绝大多数旅行团便也自然而然地形成了一套运转熟练的模式：某某线路双飞7日游，某某方向单飞、一卧或汽车8日游。至于住什么、吃如何，全陪还是半陪，还包括何等美妙而何等繁多的热门景点等等，都有详尽到小时的内容保证。总之，保证你在尽可能经济的时间和金钱付出前提下，获得尽可能多的"收获"。包括全陪还是半陪、进不进店等等，也都有合乎法规或暗中隐藏着霸王条款甚至是陷阱的条文约定。这样完善而投多数人所好的出游方式，自然而然地便让绝大多数旅游者心甘情愿地成了这一模式的套中人。

我这么说当然是有所指的，而且我也首先得承认，这种旅游方式之所以红火而越趋模式化，恰恰在于它符合大多数国人的一个基本出游心理——以尽可能少的金钱乃至时间的付出，逛（而非"赏"）尽可能多的景，看（而非"游"）尽可能多的地方，购尽可能多的便宜货，拍尽可能多的供自我满足或向亲友炫耀的照片等等，以尽可能充分地满足自己的某种欲望（包括虚荣心）。总之，贪多、图便利（这一点也多么与我们的人性相似呵），是这种模式化旅游得以风行的一个基本因子。就如出国游，早年我曾经参加过11天游4个国家的一个团，回来后大呼吃它不消。不料近年竟已有7天5国、9天8国这样"一日看尽长安花"式的线路出现，真不知道那些团员是如何消受这赛马式的旅游的!

　　人们在这里分明高蹈着一个误区：似乎旅游和捞世界就是同义语，多就是好，满就是乐，至于疲乏、劳累则完全是应有之义。实际上，正如佛说"色即是空，空即是色"，多与少、满与亏在人生中从来就是相对的。上述那种"多"和"满"在我看来实际上是一种虚幻的满足和实质的亏欠。匆匆掠过 10 个地方，何如细细品味一个地方其内容来得丰富？何况你跑得再快再"多"，也是绝不可能穷尽这世界万分之一的美景的。而品味而不是"看"某一个景点的实际内容，其收获是远远多于那种方式的。更主要的是，这种模式化的旅游，尽管确有种种便利和益处，如安全的相对保障、食住行的不劳费神、经济与实惠等等，但它的最大弊端也就因此而生，即其太过整齐规范，乃至钳制了不同审美需求的空间，影响了个性的发挥。尤其是像我这号顶不习惯任何束缚且以享受和休闲而非实惠为第一目的的游客，要适应这种节奏和模式，实在不是件愉快的事情。

　　这么说，我的立场已经很明确了，即我不喜欢甚至可说越来越厌倦这种模式化的走马观花、疲于奔命、自我折腾甚至可谓劳民伤财式的所谓旅游。

　　但是，我又常因职业便利而得着相当多的这类机会，又常因抗拒不了某些未曾到过的美丽风光的引诱，而多少有些悻悻然地加入过多个这样的团体而又多次饱尝失望与怨恚的滋味。放弃习惯的生活节奏倒是理所当然，但几乎完全失却自主，机械而被动地成为那些随着导游的小旗一会儿上山、一会儿下海的一分子，则实在让我难以习惯。何况，一会儿长驱城东到某个定点商店购物，一会儿马不停蹄赶往城西某个定点饭店吃饭，然后又披星戴月地赶回城北入宿的理由，自然是经济实惠，但其乐趣又何在？

至于一窝蜂地在人头哄哄的所谓景点匆匆拍照，一窝蜂地如厕（而那厕所往往又在某商城的最里头），一窝蜂地抢那些冷而又少的饭食（边上又往往会有些什么大师在拍卖字画或家传秘方），每天晚上累得两腿酸软大早起来又头晕眼花的趣味又何在？

许多时候我不禁会问自己，这就是所谓的旅游吗？这就是所谓的休闲、所谓的观光和调剂生活吗？有没有理想些的方式呢？许多时候我还暗自诅咒，以后再也不来遭这个罪了。然而下一次，我却又成为另一个名目、方向不同而实质几乎克隆上一次的"愉快旅行"（旅行社通用的宣传语）的一分子。

不过，变化还是有的，那就是随着经验的丰富，我逐渐形成了自己的一套应对的办法，在有限的模式中寻求到一些颇合自己个性的应对办法。我常常成为某个羊群中一只惯于溜号，甚至还常会依据自己口味偷吃几口路边鲜草的刁羊。虽然这实际也只是戴着镣铐跳舞，但毕竟给自己带来了些许放松和几分新鲜感或曰独有的满足。

总之，我常常从观念到行为，成为旅游团的一个不合作者。

不，我并不会对团队的整体安排如线路、景点、节奏、食宿及交通工具等安排提出任何改变建议或怨言。虽然早先我曾是这样的一个不合作分子。但我很快意识到这是得不到任何结果的，旅行社自有其理由及利益考虑，更重要的是大多数团员不仅不会赞赏你的异见，还会对你的不合作还以一串白眼。而实际上旅行社的这一系列安排正是针对他们的主流意愿而做出的，本质上是迎合了他们的意愿的。比如大早5点就起床，以便来得及"看"到更多据说是极有文化含量的著名景点这一点，原本就是出游前事先约定好了的。为的当然是尽可能的"多"。我毕竟还算得上个聪明人，懂得众怒难犯的道理。我后来的应对办法就是突然在最繁忙最劳累的这一天"生病了"，或者谎称去过了而万分抱歉地与团队小别一天。这样，导游不会有意见，因为这不损害他们的利益；大多数团员不会有意见，因为这也不影响他们的豪兴。于是，在团队摸黑冲刺梵净山顶峰的时候，我独自在宾馆的黑甜乡里呼呼大睡以稍解前几天的疲劳；在团队冒着刺骨的冷风踏上洱海的游船时，我自个儿在大理街头、小巷悠悠地闲逛，品味着风味小吃。甚至出国游也如此，许多人觉得眼睛不够用，交通不够快，那么多的国家、那么多的城市来不及看，我却依然故我，放弃了需付出来回七八个小时乘车时间的罗马到佛罗伦萨一日游，独自在日程上只排了一天的罗马街头又晃荡了一天。许多人觉得我不可思议。这么著名的佛罗伦萨，也许下辈子也不再有机会亲眼一见了。焉能因为劳累或行程仓促而轻言放弃？我则不这么看，道理很简单，佛罗伦萨固然著名，罗马同样也不逊色，何况还有威尼斯、都灵、那不勒斯等一系列本不在计划之内的著名城市，我们下八辈子同样也许无缘一顾。正如罗马一句名言"罗马不是一天建成的"，景点也绝不是一天或一趟看得过来的。正所谓有所不为才能有所为，与其疲于奔命地将两个城市都草草一掠，拍一堆困顿地站在某些标志物下的垃圾照片，何如优哉游哉地将罗马的真面目领略得更细一些？

事实也正是如此，我独自逗留罗马那一天的实际感受，远比日程中安排的罗马游来得充实而有趣。美美睡了个懒觉后，我挎着相机独自逛了半天街。传闻中或旅游团热闹的景点一概不去，专拣那些最能体现当地风俗民情的偏街陋巷悠悠闲逛，以充分满足我个人的喜好。见到中意的背景，便请路人帮忙揿一张。我第一个请的是个舶在站旁候客的的士司机。我请他就在车内随便揿一下，他却非跳出来不可，还一丝不苟地将相机横来竖去反复取景，以至一个本该属他的客人上了别人的车，倒让我老大过意不去。在一个街头酒吧，我想以一伙快活地喝啤酒的老人为背景，那帮忙照相的顺手拉我在他位子上坐下，有人塞给我杯酒做样子，拉手风琴助兴的酒保则特意绕到我肩后……有个瘦高个儿的人明白我的意思后，脸竟涨得通红，横看竖对照完后，连连比画着不停示歉，大约是在表达拍不好请多包涵吧。另一个大肚汉拍完后则直拍肚子，向自己大竖拇指，显然是自夸技术高超。

多少让我有些哭笑不得的，是个高大而满面青胡茬、活像某二战影片中德国人的熟食店老板。此公热心过头，居然还会不少用起来牛头不对马嘴的中文。我正在颇见特色的集市上东张西望对角度，打老远传来一串洋腔洋调的"你好""再见""谢谢"！扭头一看，他主动向我做着按快门动作并说着词不达意的中国话："莫名其妙，有没有，不贵……"我将相机递去，他却双手往柜上一撑，作明星状，让我先给他来一张。来罢了，一头拱出来，我想要的景他不取，却将我拽出老远。拐角确有个不错的古堡遗迹，来一张也不错。哪知这老兄"欢迎、高兴"着，不由分说将我扯向这、拽向那地一连来了4张！我的胶片已所剩无几，而欧洲的胶卷又很贵，未免有些心疼。但想到这些镜头毕竟都是"计划"中不可能一遇的，也就释然了。

显然，我的不合作根本还是源于我的某种个性。在家我爱独处，出门则不喜凑热闹，尤其不喜欢人为的或热门的景点及"计划"。许多景点本身并不坏，比如某些人山人海的寺庙，还有那些虽然古风十足但明显是修葺一新的"老街"，然而一看到相机取景框内尽是人头，我就大倒胃口。于是，在丽江时，我就悄悄溜出满是店铺的四方城，独自攀上导游未置一词的望古塔，尽情远眺真正的丽江古城，沿途还摄取了许多宁静而原生态的、极少游人和店铺荒疏的民居风情。

我的这种不合作自然还体现在其他许多方面，比如购物。即使在家，我也天性不喜逛街进店，到了外地则更不愿将时间虚耗在那些大同小异的店铺里。何况以我的经验或偏见而言，任何地方的车站、码头、景点等与游人密切关联的商品或服务，都是令人可疑或假冒伪劣的大本营。我从来不愿在这类地方买或吃任何东西。但对于旅行团的进店安排我倒有所理解，毕竟这涉及他们的经济利益。所以我从来不置可否。何况你总得带点儿风物土产回家交代亲友。所以那些计划中的进店或所谓泡脚之类的项目我一般都规规矩矩地参加，并且也多少买些所谓的灵丹妙药或茶叶之类。这类东西回来后大多不是送人就是往哪儿一扔，因为实践早已告诉我，它们的实际效用往往与推销者的美言大相径庭。

我之所以掏些个小钱，权当是付小费，作为对那些煞费苦心推销者的小小回报，毕竟我也借此得着个休息喝茶的机会。但对于那些金银玉器店之类，我是从不领情也绝不掏一个子儿的。遇到这种场合，我总是悄悄单溜，或在树荫下抽支烟小憩，或到偏街陋巷的老百姓家张望一番，总之没有购买的欲望。原因也再简单不过，那些地方的东西涉及多方利益，焉有多少货真价实的概率？当一个玉饰的价格可以从800开价最终却以80甚至更低价格成交时，它还是可信或有价值的吗？如果不可信，何苦千里迢迢来这里，且在这种情形下购买？

有意思的是，中国人不知怎么会有个"穷家富路"的思维，再加上从众心理的效应，这些地方从游客身上捞取的利润实在还是令人艳羡不已的。我亲眼见到许多平素在家省吃俭用甚至可能为一毛钱和菜贩唇枪舌剑的人，在那种地方却一掷千金，喜不自胜而慷慨解囊。显然，旅游业和这类购物业的兴旺发达与人们热衷于在旅游中购物，或者说，将购物作为旅游一大内容或一大心理乐趣者的慷慨解囊是分不开的。

显然，我是体会不到个中趣味的了，但同样，我也不会因此而尝受到个中的苦涩甚至是沮丧。有回在中缅边境，我们被一个身裹缅式披巾、足跂拖鞋的黑脸缅甸男子缠住了。他神秘地向我们出示"地道而绝对高档"的缅玉。价格固然不低，看上去却的确与众不同。同行的一位在车上就大谈如何识货并警告我们绝不可在这种地方轻掏腰包的报社记者，眼睛突然亮了。在严肃老到地把玩了几对玉镯后，他向大家眨眼示意值得一顾。且以他拿手的砍价本领与那玉贩进行了一番血淋淋的价格大战。直到我们的车要开了,那玉贩终于痛苦地同意将一对开价1200元的玉镯以400元"友情"出让。顿时,围观者又有两个人争相以同样价格买下了与"权威"记者同样的玉镯。不幸的是,恰如小说或黑色幽默展示的那样,正当满面红光的记者向大家滔滔雄辩他识货及砍价的独到心得时,见我们的车已缓缓启动的缅玉贩子,突然追着汽车,使劲拍打车窗并招摇着几副一模一样的镯子大喊:"便宜啦,便宜啦,80、60、40!40一对甩卖啦!"

"权威"记者和另两个购买者一下子面如土色。此后的行程中,他再也没谈及自己的那对"玉"镯。金钱的亏负是次要的,尊严挫败的打击才是够他呛的。

我的另一个落寞之处还常常体现在对颇受欢迎的导游的不合作上。

平心而论,随着旅游管理的日渐规范,导游,无论是团队全陪、地陪还是某个景点的导游的服务态度和质量,都已日臻精到和尽职。虽然也碰到过少数总想着把人往商店带的导游,但他们的服务态度或劝诱方式也仍是相当殷勤老到的。无疑,他们清楚自己与团员关系的好坏关系着他们的切身利益。而对于我来说,不管导游作何考虑,他们的尽职,尤其是他们在保障我们交通、食宿等方面的作用都是必不可少的。但我不喜欢的恰恰在于他们在某些方面表现出来的过于热诚、尽职尤其是絮叨上。换句话说,我特烦那种被导游掐着钟点、让景点讲解员牵着思维的旅游。尤其后者,讲得不可谓不细到,知识不可谓不丰富。但我们真是为寻求知识而逃避喧嚣都市的吗?何况哪次回家后,我们还记得小姐先生们的娓娓说道?而不少导游一路上几乎就没有闭嘴的时候，所说的又几乎全是不分对象、喜好的程式化的大俗套，这地方有何风俗民情，有何著名特产，那东西有何传说，这玩意儿像个什么，有时候还掺杂着大量庸俗无聊的内容。这些东西不无有趣之处，但听得多了就未免感觉重复而聒噪。我说过，我个人的旅游爱好有些各色，对热闹而人潮涌动的尤其是人为的景点往往缺乏兴致，对旅途中那些自然而鲜活、富有原生态意韵的风情、村落、人文景观又往往十分神往。这时候我就特别厌烦导游的絮叨干扰了我的个人体验或想象。其次，某些景点的讲解也太过细致，以致进程太慢，所说的那些某某砖饰如何美妙、某某石头的来历、某某东西像不像个马头之类，又唤不起我的兴趣，或者，压根儿就不如我自个儿的想象、感受来得丰富、广阔。于是，我的对策就又是独自开溜，常常小别团队，避开那些人群稠密的地方，独自徜徉于僻静的山村或幽幽的山边、溪畔，去发一会儿自个儿的思古之幽情，或满足一下怀旧之情愫。真的，许多时候我觉得旅游就得这样，我们千里迢迢奔赴某一个地方，真的不是再来看人、听史或揣摸文化的，而是来换一种心境，满足一下对于异地特色的新奇感或某种心理缺憾的。而这样的地方未必出于著名之处，但却更可能出在无人顾及的冷僻之地。而它们大多被我们飞驰的车轮不屑地弃诸脑后！何况，再好再新奇再文化的景观，一旦被过度开发或被人群践踏，其内涵和表征都会大打折扣。比如天下闻名的周庄，早年我去的时候，她确实还那么古朴自然，如今那儿无一处房屋不是店铺，走路都挤挤挨挨水泄不通，你还能"欣赏"到什么？与其再到其中去凑热闹、人看人，何如到她的外围或别的尚未被世人所注意或开发的小镇去走走坐坐？

我这么说并非刻意否定导游的意义，只是我理想中的导游似乎应该是一本手册或指南，安静地躺在各种游客的行囊里。那些景点也罢，风光也罢，游赏的节奏等等，让游客根据自己的想象和好恶去纵兴品味、把握。而当某个游客需求时，又能详尽地满足其求知欲，就再好不过了。

我得承认，我常常也暗自狐疑，也许我这种心理是一种怪癖也未可知，但我就是我，我乐意这样旅游或生活。或者说，我不想让某种生活方式限制自己。至于旅游，它本应该是轻松快乐的，悠闲自由的从而也才能是幸福的。而幸福，正如亚里士多德所言："幸福意味着自我满足。"只要不损害他人或集体利益，如何能使自我感到满足，我就如何去想、去做。如此而已。尽管这在现实中往往成为奢望，但我毕竟通过无损于他人的小小计谋，从规范中获得了片刻的独处或曰自由与满足。蒙田曾说："只有一个人独处时，他才是他自己。只有当他孤独无依时，才真正是自由的。社会常使人感到压抑和紧张……一个人的独立性越强，越难成为与他人交往的牺牲品。"蒙田还认为"每个人都将成为他自己"——而我成为我自己的方式，就是某种程度的不合作，它实际上绝不仅仅体现在旅游上。

事实上，即便在旅游上，我发现与我有着相似情趣或实践的大有人在。

有次我在宾馆前台，就碰见一个身背大包的外籍华人，正在向大堂经理打听南京还有什么值得逛逛的"真正的老街"。经理苦笑着说不多了。而经理热诚地向他推荐的中山陵、雨花台等"名胜"却又引不起那位先生的兴趣。他的观点是如此令我激赏。他说:"那些地方都是游人,况且我都从电视和图书上看过了……"

敲这些文字期间,我刚巧从中央四套看到一个介绍瑞士风情的短片。一帮子洋人开着汽车,带着帐篷,露营于四面雪山、风景如画的谷地中。一连几天就住在那儿不再流窜。或垂钓于湍流,或漫游于野田,或采撷于硕果累累的葡萄园中,或又在酒坊中品尝新酷美酒,或者,有人干脆就懒洋洋地躺在阳伞下晒一天日光浴。他们周围除了阳光、自然,再没有任何碑石或寺庙,甚至也没有一个我们称之为导游的人物在讲解点什么。但在需要的时候,却又分明有人应声而到,为他们续酒或帮人用网兜捞起钓上的大鱼。他们就是我们所谓的导游。如果谁对我说这就不叫旅游,不叫休闲,那我一定要和他理论一番,你说这该叫什么?

人各有好,不能勉强。但至少,我们的出游方式似乎该考虑一下不同性格和爱好的差别,寻找一些告别以四处奔走、多看多到为目的的原始习惯的新方式了。如此,第一个报名者中必定有我,而且我也相信,还必定会有更多的"我"踊跃加入。对于我们的生活,我素来相信,缺少的不是形式而是内容,不是人缘而是观念。不仅旅游,实际上我们的整个人生、整个社会发展过程无不如此,新的形式或生活方式,总是由潮流中的某个支流或某种"异端"所激发、引领出来的。

当然,一旦某种新形式汹涌成潮,也许我或我们又会渴望新的支流的迸发,甚至,乐意回到旧有的潮流中去了。这是另一个话题了。但，这有什么不好呢？富有选择的生活总比单调而缺乏自由选择的生活来得让人快乐呀！

而快乐，难道不是人生一切内容的应有之义吗？

在这个挤满摄影家的时代

手机的普及,转眼间便让这世界塞满了摄影家。你到任何名胜景点,最抓眼球的不是风光,而是高举手机蹲上跳下喀嚓不停的拍摄者。观赏、休闲实际上已成形式,"咔嚓咔嚓"倒成了旅游的主要目的。

不过,旅游时我们也可能看到另一种现象:一些风景名胜地,被人圈出一块块禁区,交费才让你在此取景。应该说这是荒唐的。那些个庙宇、古塔、种种景点,并非"王土",而是先民馈遗给我们的共同资产,凭什么不让人自由留影?但这属于我们耳熟能详的"有关部门"过问的事,故我不想论此是非。我想说的是,碰上这种无赖式的现象时,我会嗤之以鼻,却并不以为是了不起的损失。天下风光,莫非景点。身边小草,窗外闲云,如果你留心品赏,何亚于那些人工雕砌的所谓名胜?又岂是几根绳索圈得住的?圈起来的无非是些热门景致,但恰因其热门,在我眼中已失去独特意义,照不照皆无所谓。比如那些随处都有的寺庙山门、园林正门之类，最易为圈地者霸占，只因那是多数留影者都爱来一张的地方。而这种大同小异的地方，你不圈我也不想凑那个热闹。要照也该换个角度或找些特色才有价值。山前庙后，那些个嶙峋多姿的山石、性灵毕现的花木，即便你毫无艺术眼光，随意一按都成佳境，何必一窝蜂挤在庙前，给影集添一张晃满人头又毫无特色的所谓风景？

从众心理是照相机（包括手机）普及后，仍然少有摄影大家产生的一大顽敌。罗丹说"对于我们的眼睛，缺少的不是美，而是发现"，真是一语中的。这话还可以反过来说，即对于发现，缺少的同样不是美，而是"眼睛"——一双与众不同的慧眼。而"功夫在诗外"，要练就一双慧眼，文章显然不能光做在摄影本身上。

至于人云亦云、爱凑热闹似的照相，不知是不是一种国人特色，如果是，倒也不失为一大特色，汇集起来还真成为一个时代特色大写真。

以前人们很少照相，也不太会摆姿势，尤其是男人，一照相便深沉无比，四肢并并拢，表情铁板板，或者笑眯眯。这大致符合咱们的"集体无意识"，照相也者，留尊容焉，岂可不一脸的风光，一身的浩气？时下影楼遍地开，这种状况大有改观，尤其是红男绿女，新婚璧人，不论你美或不美，拍出几千几万，摄影师们都有办法让你容光焕发，男变骑士，女比天仙。这在形式上无论如何是一大进步，但若究其实质，仍不过是种矫饰了的"四肢笔直"，事实上也正成为另一种标准模式，不信比较一下新郎新娘们的影集，不同的经常只是脸模子而已。虽然我觉得这样照相并无不可。但照者，映也，相者，象也。艺术式的照相也罢，纪念式的照相也罢，其根本在于留下我们的本真面目。而本真面目实际上是最美最艺术因而也是最动人的。比如那幅满面皱纹的《父亲》油画，打动过多少人的心？故世人千姿百面，千娇百媚，照相能反映出这一根本便为上者。其实真正的艺术生命也正在于真实自然，浑然天成。随心一笑，无意一颦，抓下它来，反是佳作，反而更值得留念。

漫话导游

导游蛮像厨师的。后者成天在烟火缭绕中烹炒煎炸，把些个山珍海味穷折腾一气，端上桌来自己却没了吃的胃口。导游则也是习见不惊。成天在山光水色奇风异俗中摸爬滚打，镇日里还天上飞地下跑地乱扑腾，结果自己最怕见的，恐怕就数那名胜古迹了。

导游也有不同，最累的依我看就是地陪了，尤其是国外游的地陪们。语言、风俗、法律、文化乃至游客的胃口都和当地有太多的不同。他带的那团成天有叽叽喳喳、乱七八糟的种种问题、式式需求，你不是万宝全书，起码也得是百事通，否则真穷于应付。最要命的是众口难调，你急火攻心要赶紧去采买，他磨磨蹭蹭拍摄个没够；你嫌宾馆的房间太小，他怨餐馆的菜量不值一扫。你得随时协调，善于讽喻又拿捏得当，否则被谁投诉起来，这趟苦怕白吃了。而团规说得太多人会厌烦，执行太严更会触犯众怒，只能八方玲珑。但稍一不慎，又得来来回回去寻找那些个总爱出发就迟到或在景点老掉队的客人。所以大多数导游们，似乎都乐于不断地"谤讪"当地的治安状况或无良警察。罗马的小偷如何厉害、圣彼得堡的警察如何贪渎、巴黎的恐袭如何可怕、东京的黑社会也如何了得——反正我从来没碰到什么麻烦。但也理解这招的妙处，否则你们一个个大大咧咧，总当自己还在天朝上国的马路上溜达，跑丢了或偶有闪失，最倒霉的还不是导游吗？

尽管这样，世界上最难伺候的毕竟还是人。所以尽管导游们都说自己说干了嘴，跑断了腿，却仍然逃不脱种种诟病。但依我看，那主要是少数黑导游或那些低价团惹的祸。而低价团的问题，板子也得打在游客身上。你贪了便宜，还想当太爷，还想不进店或不玩自费项目，未免有些过分吧？好在我从不参加低价团，因而也很少碰到不如意的导游。有时候我反而觉得一些导游太敬业了些。风情世俗、名胜典故、历史人文，上车说，下车说，口干舌燥还在说——有时候上一个城市的地陪和下一个城市的地陪，说的几乎是同一个套路。比如这回在澳洲，3个城市的地陪都津津乐道地说一通澳洲为什么多见胖妇人，还有什么澳式英语发音含糊，因为澳洲苍蝇特别多（其实至少在城市我几乎没碰见），口开大了就会吞进几只苍蝇云——可是你明知咱旅游多是上车睡觉或翻相片，下车撒尿或拍照，回去连到过哪几个景点都几乎一忘二六五，导游你还嘈那么多，不是白说还可能惹人烦吗？这点上我倒觉得不能全怪游客，谁个难得出国来十天八天的，是为了进修当地的历史人文知识呢？拍照片、炫微信、盘点采买的东西就让人不亦乐乎了。导游你能点到为止，或答疑解难，当个称职的向导，直到把这帮"上宾"安全打发上飞机，就是上焉者了！

自带的风景

旅游，尤其是出国游，无疑是一大快事。异域人文和景观，哪怕是一条石块铺筑的老街道，都闪烁着让人目不暇接的特色。风格各异的教堂、飞满鸽群的广场、满眼鲜花和白黑红黄各类肤色的人流，就连那云彩和太阳，似乎也亮得不寻常。微风送来太多叫不出名目的奇花异香，随处可见的餐厅和咖啡座也联袂飘送浓郁的奶味和咖啡香息。无怪出境游的国人，连年过亿。

不过我始终有个越发强烈的感受：其实这旅游也是个相当辛苦甚至烦恼的差事。首先那五六小时甚至一天半天的时差就很煞风景，国人还在黑甜乡高卧，你却在大日头下追着导游的小旗东奔西走。一天里走的路程，少说也是平日几倍。几天下来两腿僵硬、头脑昏沉便成了家常便饭。至于起早贪黑、食无定时乃至像我这般望着西餐就发呆者，那份苦楚也够人喝一壶的。所以说，那种打趣旅游是"下车拍照，上车睡觉"的顺口溜，实在有些站着说话不腰疼。更何况它也忽略了最为关键的一个事实，即对于大多数团友尤其是女士们来说，下车拍照、扭来摆去主要是头两天的新鲜劲儿。行程尚未过半，她们的焦点就几乎完全瞄准了各式商店尤其是奢侈品店了。"下车拍照"自然而然地成了下车狂买，"上车睡觉"也就成了上车评摆。评摆什么？自然是你买的包包、鞋子，她买的蜜蜡、珠宝，甚至是名牌手表。要命的是总有人发现别人买的东西自己也该买，或者，自己买的东西不如别人的便宜或美妙。俗话说老婆是人家的好，儿子是自己的好。其实这买东西，也往往是人家的好。"你这包包才1000多欧元？这要比国内便宜多少啊！""你这件衣服这么好看，我怎么没看见啊？"于是脸上瞬间晴转多云，心里也七上八下。下一站车还未停稳，有人已窜出去老远，风一般消失在店里。更多人则埋怨导游安排不当，老领着看几座老破房子，进店时间留得太少。所以每当解散时，便有人呼吁延长时间，而集中时必有人姗姗来迟，说是营业员手脚太慢，开张退税单也要排队云。到后来，对于导游来说，这队伍就更不好带了。有人嫌吃西餐太费时间，又有人心不在焉划拉几口就要溜，唯恐商店要打烊。什么苦，什么累，对他们全不在话下，买不尽兴或买不够称心物品才是最大的苦恼。非要到临行打包时，才有人哀叹出来时为什么带这么多衣物，现在东西没法收，或者箱子撑爆了，于是又急奔夜市买箱子……

实在说，这类辛苦对我这种购物盲倒不存在，只是老孤苦伶仃地等他们够窝火。好在见惯也就慢慢不惊，发觉这倒也不失为各旅行团天然自备的一道妙景。我点杯咖啡在街头闲坐，悠然欣赏他们在各商店间没头苍蝇般急急穿梭，或再翻翻微信也不亦乐乎。只是我又发现一个有趣的现象，团友们平时爱发的心灵鸡汤或处世之道中，多的恰恰是"人间最美是清欢""六根清净方为道""舍弃功利，就能回归平淡""人生当用减法"之类说道，这于彼时之他们似乎有点隔膜。而于此时之我，却又分明是一剂清凉败火的安慰剂。

溃不成军

说溃不成军显系夸张，但也确是我每次远游至中后期时的真实感觉。咱们的旅游团出发之际，哪个不像支雄赳赳气昂昂的远征军？其时憧憬也美美、兴致也勃勃而又个个摩拳擦掌。尤其几十只拉杆箱一起咕噜噜滚动，那气势，像不像"车辚辚马萧萧，行人弓箭各在腰"之行伍？当然，采购清单也是长长的一溜，尤其是向海外进发时，完成它的任务可不轻。这也就是为什么几个地方一跑，几次"采购战"一打，队伍又多半军容不整、疲态日重乃至"溃不成军"的重要原因。

南梁沈约曾有句云："旅游媚年春，年春媚游人。"可见旅游是大美事。从字面看，旅和游也应是不二主题。即为实现游览、观光尤其是以休闲、放松为目的而作的旅行。遗憾的是，我在实际旅游中感受到的，却总与之背离。咱们的首要目的，显然不是什么休闲观光，而是以到的地方多为满足。到了景点则以拍照多为荣。以至所有热门景点，甭管原先多美，实际看到的都是挤挤攒攒的人头和"长枪短炮",再加各种手机。几乎人人都在争相咔嚓或即时发微信,观景云乎哉。而为了多逛点,咔嚓完就得赶紧驱驰,再到下一处去咔嚓。我总有些怀疑,热衷拍照,内因多少有些人类通病即贪婪在,带不走的东西,多照点相也好。此外虚荣心也推波助澜:看看我到过多少好地方吧。殊不知,现今谁没相机或手机,网上图片海了去,回家后亲友们爱欣赏你这些相片的恐怕不多。而上述过程多累人,可想而知,所以"下车拍照,上车睡觉"就是理所当然的了,只是与所谓"休闲"差之远矣。

许多人眼里的第二大目的及旺盛的热情,是我每每都大为惊诧的,即所谓"穷家富路"——玩命购物、大肆采买,尤其是伟大的、在此方面从不知疲倦的女士们,几乎从第一天就坐立不安了。导游还没来得及煽乎,他们就热火朝天地询三问四了。实际采买一开始,则从世界顶级奢侈品到家常用品如指甲钳、刮胡刀到锅碗瓢盆无所不采、无所不购。冲破做足功课的采买清单是再正常不过的了。所以我常纳闷,国家出台什么不得强迫购物的通知分明多余!或许那是所谓零团费的问题?反正至少出国游,我见到的从来是旺盛而自发的采购需求。无怪有导游眉开眼笑夸奖道:"旅游购物和日常购物是不同的,它是调剂身心、扩大视野、陶冶情操、享受快乐旅游活动的重要组成部分"云云。

此言或许不虚,然则后果就有些严重。归期前晚你到各房中看看,床上扔的,地上摊的,皆是难以装下的战利品。以至有回我们的车到大阪就走不动了,因为团中人一气新购了9只大号皮箱,只好再租辆中巴运行李!至于"丢盔弃甲"也很普遍,甚至还有因忙乱丢护照的。最惨的是，一位女团员竟因行李太多而从行梯上倒栽滑落，所幸仅浑身青紫，人命无恙。绝的是下跌中，其手中的七八个包包都被她死死揪紧而一只没丢！

亲，看看这是不是有点儿"溃不成军"的意思了？

不成军就不成军吧，咱就是来购物的、"疯狂的"，又如何？谁规定旅游必得是什么模样？也是。自得其乐就好。能安全、有序些更好。

逆　旅

逆旅者，旅馆之别称，如同现代人称之为宾馆、饭店、酒店、招待所或某某中心，一回事。

先秦商鞅变法，众所周知，可他还颁布过一道怕是古今中外都绝无仅有的《废逆旅令》，恐怕就少有人知了。盖因当时要重农抑商，商鞅认为取消旅店可使交流不便，奸人不生，人民一心务农，老死不相往来，天下便太平了。以今视之，这法令等同笑话，却恰好证明，早在2000多年前，我国的旅馆业就相当发达了。

不过，恰如浩浩大江也有回旋逆流的时候，中国的旅馆业发展了2000多年，却长期低水平运转，且经常出现困窘简陋、服务低劣且一床难求的境况。例如今天想来恍如一梦的计划经济年代，与吃喝拉撒用相关的一切物品和服务，如买块豆腐都要凭票供应、外出者最为需要也最为头疼的便是买车票和订旅馆等事、求人送礼的结果常常不过是得着张站票或大通铺床位、被迫羁留某地亦为常事。情形最糟时，我就有过几次苦不堪言的境遇。如当年在上海，旅客需先辗转乘公交到一个什么机构，排老长的队，由他们统一分配你至某处入住。而我的结局是辛苦了大半天，得到的是虹口区某浴室的入住证。好不容易找到那地方，又被告知须等晚9点浴室打烊后才能入住。而住的又是仅可半躺半卧、让人浑身不适如石化的浴榻！

这且不说，早些年的旅馆，除少数涉外宾馆及市县府招待所，多数服务和设施都让人不敢恭维，我指的不仅是什么马桶漏水、洗漱具全无、被褥不换以至一掀开就是股怪味，甚至还常可见到毛发、血迹等令人作呕的现象，这些都是应有之义，不说也罢。就是服务员冷言冷语或神龙见首不见尾等也都是司空见惯的正常现象。那时之逆旅，可真是够"逆"的，更有个今天看来难以接受，却是我国几千年来一以贯之的传统，即住客不论是否熟人，一律同住一室。俩人一间是好的，几人几十人一间，住得上还算你运气。这样，安全私密什么就不说了，那份别扭、难堪甚至是活受罪就够人喝一壶的。光是琢磨着会碰上个什么样的同住者而其迟迟才来的那份不确定性，就让人忐忑。碰上个鼾声如雷或磨牙、说梦话者其实不算太糟，我有回在青海，直到晚上10点房里还没安排人进来，刚觉庆幸想上床时，门哐地开了，一个蓬头重髯的汉子，挟着股熏天酒气进来了，二话没说，靴子也不脱，倒头便打起呼噜。后半夜还滚地上吐了两回，又咕噜咕噜灌凉水……

唐刘长卿诗曰："逆旅乡梦频，春风客心碎。"

那时，你上哪儿去觅良辰美景呵！

所幸如今这种意境已成家常便饭。记得改革开放后，我刚有机会住上像样的宾馆时（也不过三星标准吧），真就大有陈焕生之慨，那个下午哪儿都不想去，看看窗外的远山近林，摸摸床上雪白的被套，而后又泡上壶茶点上烟，沐浴着窗前的艳阳，真有恍如隔世之感：这么好的享受，本身不就是旅游吗？还满头大汗出外颠个什么劲哪？

确乎，我现在还常有类似感受。而逆旅实在是人生尤其是现代人不可或缺的组成部分。遇到好的宾馆和服务，不仅如沐春风、丰富人生而美化人生，且让人比在家时，更可能感到家的价值和意蕴。而人在旅途，已成现代人常态，故而免不了会有些孤独、落寞乃至思乡之情，好在逆旅不仅能淡化这份幽思，往往还比在家更有"家"的况味。

说得再透点，逆旅于人生，亦属点睛之笔矣！而高明如李白者，更从中看出："夫天地者，万物之逆旅也；光阴者，百代之过客也"。

以致他认为"浮生若梦，为欢几何？古人秉烛夜游，良有以也"。

貌似有些消极。然细品，则不无乐观存焉。

生活在别处？

我至今不太明白兰波为什么说"生活在别处"，他这诗句似指人容易好高骛远，人生理想漂浮于现实之外。然昆德拉引用此语时，又似乎是反讽甚至批判的。

人家都是大咖，说啥都有其道理吧。那么想不明白就是我的责任。与其想得脑袋疼，我不如不去管人家的微言大义，说说我的浅见吧。比如我现在就越来越觉得，人和生活的关系常常是无奈而简直无法通融的悖论。越来越多的人如过江之鲫般国内国外四处奔游，可实际看到的未必是最爱或最值得叹赏的好风景，多半是香烟浊天的庙宇、司空见惯的教堂、某一块圈出来的海滩、几处陈陈相因的新建"古迹"和"美丽乡村"。沿途那么多让我眼花缭乱、心动不已的野山、幽村和古树下反刍的牛羊等等，却一掠而过，欲看无门。这不，好风景总是在别处，恍若地平线，诱惑着你却可望而不可即。

是我们看风景的方式不当，还是我们的审美逻辑有误？抑或生活本来就是如此,看不成的、得不到的才是好风景;看得成的,摸得着的,转眼便失却了美感。我们只能永远这般得陇望蜀、孜孜以求着。

生活也越来越像是在相片里,而非现实里。智能手机让人人有了拍摄本事,美图让人有了修图技巧,朋友圈更让人有了炫耀的地盘。结果我们看到游客们贩回来的天下大观汗牛充栋,每天都以几何级数增加。照相、炫相成了旅游的主要,不,几乎是唯一内容。而"好照片"似乎也总在别处。利用有限的观览时间,高举相机或手机,急如星火地尽可能多地到处咔嚓一通,成了共同甚至唯一的心愿。有时一天下来,佼佼者少说也能摄下几百张大作。问题是真有人等着欣赏他的杰作吗?我是多少有些怀疑的,珍馐美味吃多了无疑会犯腻,何况现在谁没有咔嚓一番的本事?真有好赏美的,网上的四海风光无奇不有,海了去啦!你足不出户,高卧床头就足以看得您吐。

坦白说,我也曾好这一手,不过已渐降温。因为我发现,貌似最写真的照相艺术,实际上"创作"意味从来都过于浓艳。必要的摆拍有可理解之处,但镜头下的真实,其实取决于你的取舍。照片上的生活,实际上多是巧妙剪裁了的海市蜃楼。如那张张如花的笑脸,哪个不是临时挤出来的?那簇怒放的山花,实际上长在一个脏污的小水洼旁,被你的镜头特别恩宠了而已。那让人心旌摇曳的旖旎天光,原不过是修图软件的杰作,真相竟是张昏惨惨而皱巴巴的苦脸……

不过说到这里,我倒忽然明白了"生活在别处"的真义。"你站在桥上看风景,看风景人在楼上看你。明月装饰了你的窗子，你装饰了别人的梦。"你的生活就是别人生活中的别处；别人的生活岂不也是你生活的别处？那么就整体而言，你的生活或别处的生活，都是"生活"的真容，"生活"的精彩，自有"生活"的意义存焉。